［日］颚木亚玖弥 著
白桃 译

我的幸福婚姻 二

青岛出版集团 | 青岛出版社

图书在版编目（CIP）数据

我的幸福婚姻 . 二 /（日）颚木亚玖弥著；白桃译 . —青岛：青岛出版社，2022.9
ISBN 978-7-5736-0400-2

Ⅰ.①我… Ⅱ.①颚… ②白… Ⅲ.①长篇小说—日本—现代 Ⅳ.① I313.45

中国版本图书馆 CIP 数据核字（2022）第 134432 号

WATASHI NO SHIAWASENA KEKKON Vol.2
©Akumi Agitogi 2019
First published in Japan in 2019 by KADOKAWA CORPORATION, Tokyo
Simplified Chinese translation right arranged with KADOKAWA CORPORATION, Tokyo through East West Culture & Media Co., Ltd.

山东省版权局著作权合同登记号　图字：15-2022-19

	WO DE XINGFU HUNYIN（ER）
书　　名	我的幸福婚姻（二）
著　　者	[日]颚木亚玖弥
译　　者	白　桃
出版发行	青岛出版社(青岛市崂山区海尔路 182 号,266061)
本社网址	http://www.qdpub.com
邮购电话	0532-68068091
策　　划	左美辰
责任编辑	左美辰
封面设计	半 竹 栗 子
照　　排	青岛新华出版照排有限公司
印　　刷	青岛双星华信印刷有限公司
出版日期	2022 年 9 月第 1 版　2022 年 9 月第 1 次印刷
开　　本	32 开（890 mm×1240 mm）
印　　张	6.5
字　　数	160 千
书　　号	ISBN 978-7-5736-0400-2
定　　价	39.00 元

编校印装质量、盗版监督服务电话　4006532017　0532-68068050
本书建议陈列类别：日本文学　轻小说　爱情小说

目 录

楔子 / 1

第一章　噩梦与危险的影子 / 6

第二章　褐发的他 / 37

第三章　前往薄刃家 / 75

第四章　黑暗中的光明 / 139

第五章　揭晓真相的宴会 / 167

终章 / 194

后记 / 203

楔子

强烈的阳光火辣辣地灼烧着皮肤。

摩天大楼林立的帝都本就够热了,但看到马路上摇曳升起的热气,更让人觉得难受。新的衬衫被汗水浸湿,黏在身上,十分不舒服。此刻,他将目光移向前方。

白色阳伞……难道,是那个?

那是一位撑着阳伞的年轻女子。她穿着一身和服,和服以充满夏日气息的清爽的白色和蓝色为底,点缀着一些石竹花图案,十分可爱。没错,面色苍白、感觉随时都会摔倒的她,正是新的目标对象。

虽说是目标对象,但新目前并没有打算做什么特别的事情,只是想来看看传说中的她——斋森美世。

但无论对方是什么样的人物,新等人的计划都不会变,所以像这样的观察并没有太大的意义,只是单纯出于好奇罢了。

新已经苦苦期盼那么久了,只要能有属于自己的职责就够了。重要的是拥有特殊异能的人、新和族人的职责以及那个悲

壮的夙愿。

新并不关心斋森美世这人本身是好是坏,只是想确认一下她的性格是不是令人讨厌,仅此而已。

不过,虽说如此……

她是普通,还是质朴呢?反正他觉得她是个阴郁的女人。她继续这样下去,看起来可能会像个幽魂。明明听说她和久堂家的当主订婚后,外表和性格都有改变的。

就在新忧郁地叹息之际,朝这里走来的斋森美世,身体突然摇摇晃晃,失去了平衡。

她要摔倒了?管她呢!新冷漠地想着,却不由得伸出手去扶。

"哎呀!"

他装作是碰巧看见,但声音出卖了他。

就像她的外表一样,险些摔倒的她身体十分纤细瘦弱。这样的体格,就算只是站在这种大热天里,也是吃不消的。

"非……非常抱歉!"

她十分惶恐,连忙低下头致歉,看上去有些可怜。这副模样不仅让新产生了些许同情,还有一种奇妙的、恍然大悟的感觉——我要守护的就是这个女人啊。

原来如此。要是虚弱到这种程度的话,那确实有守护的必要……可她的性格确实阴郁,让人有些厌烦。

"啊,请抬起头吧。"

一切已经开始改变了。

新打算将她卷入、夺走,通过这种方式最终找到自己的价值。

新挤出一脸善良温和的笑容与她四目相对。

宽阔的客厅内一片寂静。

装修豪华的房间里,摆放的物品极少,只有一床被褥铺在中间,一位老年男子躺在上面。

"可恶,真是碍眼的东西!"男子转动着他憔悴的、凹入眼眶的眼睛,恶狠狠地自言自语着。但他的身体如朽木一般干瘦,声音无力。

这个男子曾被推崇为这个帝国最尊贵的人,他的身边聚满了人,如今却如此孤独。这种情况,除了讽刺,还能说什么呢?

"陛下,属下来给您请安了。"

屋外突然传来一个人的声音。男子说了声"进来"。一个举止得体的年轻人拉开隔扇,轻轻地走进房内。

男子再次转动眼球,看向年轻人的方向。

对于男子来说,这个能把三件套西服穿得如此得体的褐发年轻人,有些不好对付,但他是这次任务中不可缺少的一枚棋子。

"何事来见?"

"属下想求陛下允许那件事情。"

男子想起来了,他曾要求这枚棋子暂且"再等等"。

男子努力唤起最近经常变得模糊的记忆,终于想起了他来此的理由。

"那件事啊。"

男子淡淡回应了在他枕边叩首的年轻人。

马上就万事俱备了。再过不久就能解决掉令男子害怕的东西了。

"求您允许吧。属下再也等不下去了。该让一切物归原主了。请陛下给予我等达成夙愿的机会。"

"放肆,汝慎言。"

"属下失礼了。"

这一声呵斥虽然有气无力,但足以令情绪有些亢奋的年轻人闭嘴。

虽然身体虚弱,但男子与生俱来的威严与圣光依旧。

"最近局势会有些变化。吾恩准汝行动。"

男子这样说着,语气中尽是焦躁和屈辱,似乎恨得咬牙切齿。为何他会如此在意这些黄毛小儿?他们都是不值一提之辈,却牵动着他的喜怒哀乐。这实在不是他想要的。

可恶又令人憎恨的黄毛小儿。

但是,现在放弃的话,那他之前所付出的一切都会化为泡影。

为了延续皇家血脉,为了维护皇家威信,为了不再留有威胁,为了流芳百世……他必须铲除一切后患!

"勿失时机!"

"遵旨!属下将按照原计划开始行动!"

年轻人再次行礼,轻轻地走出房间。

宽敞的客厅再次被寂静笼罩。

男子想象着未来。即便他闭上眼睛,也什么都看不到。不过,目前为止,男子不曾得到过预示子孙后世的未来的天启。正因如此,为了紧紧握住想象中的未来,他才要主动出击。

"有何吩咐,陛下?"

男子摇响枕边的铃铛后,侍从随即上前。

"将'奥津城'之魂魄都送入乡下,勿论百姓生死!"

"遵旨。"

侍从不带一丝情感地毕恭毕敬地领了旨诣。

"一定要打败那个异能……因为在吾儿尧人统治的国土上,不能存在那个异能。"

男子慢慢闭上了眼,渐渐睡去。

第一章 噩梦与危险的影子

进入夏季后,清晨就会热起来,前一瞬还是凉爽的破晓,下一瞬气温就同火烧起来般,烤得人浑身汗涔涔的。美世刚来时还是初春,转眼间竟到了黏腻的夏季了。

美世洗完衣服后,躲到阴凉处松了口气。

美世和未婚夫久堂清霞住在郊外的小宅子里,过着与世无争的生活。

这个极其安静的普通的百姓居住的宅院坐落于宁静的大自然中,日照不如城市中强烈,但盛夏之时,也会热得让人无精打采。不过,在这样的暑热之中,还能听到从前院那边传来的"咻、咻"声,像是在用什么东西劈砍空气的声音。

美世从后院绕到前院,看到清霞正在用木刀练习挥刀动作。

清霞的褐发在空中飘逸飞舞。他严肃地眯着稍显蓝色的眼睛,动作非常流畅,即使在外行人看来他的身段也十分优美。既有男性的勇猛,也有女性的柔美,拥有近乎完美的外貌的他就是这个家的当主。

在清霞不当值的时候,这样的训练他也从不懈怠。

"不行啊,现在可不是发呆的时候。老爷马上就训练完了。"

美世这样想着,不知是因为太热还是害羞,她的脸颊烫得发红。她双手掩颊,回到屋内。

准备好折叠整齐的毛巾和凉水后,美世再次来到院内,正巧清霞停止了练习。

"老爷,请用。"

"啊,谢谢。"

看到清霞温柔的微笑,美世的双颊又开始升温。

清霞很美,美世想不到如何形容这种美,只是每当看到他的微笑,心就跳得快极了。再这样下去,她的心脏估计都要不好了。

"美世,你的脸那么红,没事吧?"

"啊?没……"

被对方窥探到自己的心,美世不由得惊得后退了半步。但清霞并没有注意到这一点,而是把手放到美世的额头上。

"好像没有发烧。"

"嗯。我……我没事。"

"这样啊。"

清霞放下了手。美世这才松了一口气,但心还在怦怦直跳。她觉得这样没出息的自己,真是羞死了。

"我去洗澡了。你如果不舒服,一定要好好休息。"

"好……好的。"

美世看着清霞的背影消失在里屋,总算放松了。

最近总是发生这样的事。就在前几天,美世也……

她决定先不想这些了,因为一想起来就会面红耳赤。美世慌慌张张地拿着工具去洗衣服,试图让自己忙起来,以赶跑这些丢人的想法。

几分钟后,有客人来了。

"打扰了。"

一个年轻的女人出现在玄关那里,她的装扮与这个朴素的房子格格不入。

"初次见面,你就是小美世吧?我是久堂叶月,清霞的姐姐。"

刚一见面就两眼放光地跑到美世身前的这个女子——叶月,吓了她一跳。

"您好……初次见面……"

虽然被对方的阵势吓到,但美世还是勉强地打了个招呼。

自称是清霞的姐姐的叶月是个开朗大方的美人。她和清霞简直是从一个模子里刻出来的,但更具有女性特有的温柔。茶色的大波浪卷发与肩同齐,个子在女性中偏高,一身清爽的连衣裙下,是仿佛未经阳光晒过的白皙皮肤。这可能就是所谓的摩登女孩吧。

这身打扮看似随意,但高级的洋装和饰品,完美地彰显出她不俗的家世。

"好久不见,叶月小姐。"

来到玄关迎接的是用人百合江，她微笑着向叶月点头问好。然后，叶月拉着她的手用力摇晃着。

"啊，百合江啊！真是好久不见了呢。上一次见面是几年前来着？你看起来气色不错啊，这可比什么都强！"

"谢谢您。"

美世一脸茫然地站在一旁，她开始有点担心，如此激烈的晃动会不会让百合江的手脱臼。不过，百合江本人也是满脸笑容，所以应该没什么事吧。

"真是的……还是老样子啊，姐姐。"

洗完澡的清霞突然一脸严肃地出现在三人身旁。

"哎呀，是清霞啊。你怎么没去工作呢？"

"今天不当值。"

"哎呀，真讨厌。你才是一点都没变，总是那么冷淡。你真是走了大运，居然找到一个这么可爱的未婚妻呀。"

"不用你操心。"

比清霞年长几岁的叶月嘟着嘴，看起来相当可爱，她做起小女儿的姿态来，竟意外地和谐。

"那好吧。不过，小美世……啊，我可以这样叫你吧？"

"当……当然。"

"我是受清霞之托来当你的家庭教师的，你知道这件事吗？"

"呃……"

美世之前确实听说有客人要来。因为是她拜托清霞帮她请

一位家庭教师的,所以理所当然地会有老师到访,只是没听说这个客人是清霞的姐姐。

美世思绪混乱,几天前的那件事方才在脑海中一晃而过,勾起了她的回忆。

斋森家、辰石家、久堂家三家之间的纷争大致告一段落,勉强算是回归平静了。美世又当起了家庭主妇,一如从前。

美世一直期盼的就是过上安稳的生活,所以对现在的状态非常满意,感到幸福无比。然而,在脑海的一角,一直隐隐约约地存在着一种焦虑,提醒她"不能这样下去"。

作为清霞的妻子,最重要的任务就是像这样守护着这个家并支持着清霞。但是,美世明白仅是这样还不够。

茶道、插花、琴艺、得体的礼仪、交谊舞、谈吐、学识……

这些技能都是名媛理应掌握的,在各家交流时必不可少。因此,即将成为名门世家久堂家的当家主母的美世,当然要学会相关技能。

想到这些,美世吃晚饭时都没什么胃口,她放下筷子,决定同清霞谈谈此事。

"你说你想学习名媛礼仪?"

"是的。可以吗?"

回想起来,美世在斋森家也曾认真学习过名媛礼仪,只不过不知什么时候就被继母强制中断了,只学了些皮毛。由于一直没有使用的机会,时间一长,她连这些基础礼仪也都忘记了。美世从没提起过这些,但她即将成为清霞的妻子,不能一直这么被清霞宠着。

"也不是不行……只是,你无论如何都想学吗?"

清霞面露难色,陷入沉思。

他恐怕是在担心美世可能会承受巨大压力吧。她不擅长言辞,人际交往也不得要领。

当然,美世也不是随便说说,如果这比想象的要困难,可能会影响到她的日常生活。即便如此,她也不能就此罢手。

"是的。我无论如何都要学。老师我自己找,不会给老爷您添麻烦的……请您同意吧。"

美世深深地鞠躬,随后听到清霞发出了一声叹息。

"唉,你还是老样子,总是给人低头鞠躬。你啊!而且……"

清霞话只说了一半,美世突然抬起满是疑惑的脸庞,发现他正直直地盯着自己。

清霞伸出些许僵硬的白皙手指抚摸着美世的面颊。

"你脸色不太好啊。就连现在,你恐怕也是在逞强吧?"

"……"

美世有些害羞,脸一下子变得通红,慌慌张张地摇着头。

"没,没有逞强!我很有精神呢。"

"噢,确实是。现在你脸红得像是发烧了。"

"啊?这……这是因为……那个……"

看着眼前惊慌失措、嘴巴一张一合却说不出话的美世,清霞忍不住笑出声来。

美世还不习惯被清霞这样开玩笑。虽然她一点也不讨厌清霞,但还是有些气不过。

"老……老爷……"

"不好意思。别再用那种充满怨恨的眼神看着我了。好吧,你想学就学吧。我想到让谁来当老师了。我联系她,让她过来吧。"

"哎?"

听到清霞爽快地说到"让她过来",美世有些吃惊。

"用不着客气。我就是让那个大闲人发挥一下作用而已。"

"大闲人?"

清霞的语气不容置疑,这个话题也只能就此打住,美世也不知道接下来会怎样。

"想不到居然是老爷的……"

居然是清霞的姐姐来当家庭教师。

面对眼前这位满脸微笑的女子,美世感到紧张不安,不知如何是好。

"清霞肯定是没和你说吧？"

"没……没有……"

"那也没事。我会负责把你培养成完美的名媛的。"叶月紧握着拳头，笑眯眯地宣誓道。

叶月说完斗志满满的话后，美世连忙请她进屋，端上茶来招待她。

叶月带来的用人把行李放好后就出去了，百合江也不知什么时候退了下去，房间里只剩下美世、清霞和叶月三人。

"好了，我们言归正传吧。小美世，你想学习礼仪，是吧？"

"是的。"

听到叶月这么问，美世用力点了点头。

"我毕业于女子学校，而且从小就学了很多技艺，还是能够教你一些基础知识的……不过，你不排斥吗？"

叶月感到些许不安，垂下了眼帘。

排斥？能让叶月当老师，美世应该不会有什么好抱怨的吧。

美世偷瞄了一眼清霞，他沉默地坐在一旁看着她们，好像并没有要加入讨论的意思。

美世直直地凝视着叶月。

"我并不感到排斥……那个，为什么会这么问呢？"

"我离过一次婚啊。而且，大姑子什么的也很让人烦吧？"

直到此刻，美世才明白过来。

她自称"久堂"。清霞的姐姐,也就是久堂家的女儿,应该不会到这个年纪还没结婚。所以她大概是嫁了一次,然后又回到娘家了吧。美世恍然大悟,关于讨厌大姑子的那番言论,大概也是出于叶月自身的经历。

美世觉得自己问的话没有照顾到叶月的感受,不免有些担心。

"我不在意那些。"

"是吗?不在意吗?"

"嗯。"

"那可太好了!"

叶月高兴得一下子笑了出来,紧紧抱住了美世。一阵淡淡的甜香气味从美世的鼻尖掠过。

这突如其来的一个拥抱,让美世差点晕过去。

"呃,那……那个……"

"哎呀,这孩子多可爱呀!清霞,我能把她带回去吗?"

"休想。"

清霞架着胳膊,一脸不悦。

"真小气。我带小美世回去严格教导,可能对她有很大帮助啊。"

"不行。"

"也是啊。我要是把小美世带走了,你一定会觉得寂寞吧。"

面对姐姐这种毫不留情的调侃,清霞不禁语塞。

清霞紧蹙眉头,露出些许不甘,但他似乎觉得这样也可以。他这个样子还真是少见,让人禁不住想笑。

"可是,为什么会这样呢?"美世在心里嘀咕着,下意识用手捂着胸口。

她感到一阵寒风在胸口深处刮过。清霞和往常一样,而且今天初次见面的叶月也很温和。可为什么她还是觉得寂寞呢?

"美世,你怎么啦?"

回过神后,美世发现清霞正盯着她看。叶月也是一脸的不可思议,歪着头看着她。这让她有些慌乱。

"没……没什么。"

"是吗?要是难受的话……"

"没,真的没事。"

"小美世,你可别逞强啊!"

近来,清霞总是担心美世的身体。美世自己大概清楚原因。难道他也知道了吗?

可即便如此,美世也没有时间停下来。有些许不便就先放到一边吧,她还是想先往前走。

美世硬说自己没事,清霞也就没再说什么,叶月也露出安心的笑容。话题又回归正轨,大家聊起学习的事来。

"这样的话,还是得设定一个小目标。"

"目标吗?"

叶月从带来的行李中拿出几本教学书籍,并列排开。

"对呀。先有个小目标,然后才能朝着它努力吧?如果只盯着遥远的梦想,是很难进步的哟。"

原来如此。设定一个通过奋斗就能实现的目标并朝着这个目标努力,便能实实在在地取得进步。

"两个月以后,恰好有个宴会。我和清霞受邀参加,你就当作是学习的开始,和我们一起去吧。"

"啊?"

美世被这突如其来的邀请吓了一跳。

她从未参加过宴会这种活动,本来就对礼仪规矩不甚了解,更无法想象学习礼仪两个月就要参加宴会。

叶月似乎看透了美世的小心思,微笑地看着她。

"没关系的,我和主办者是多年的好友,不必拘谨,而且这个宴会的气氛也很轻松,就像联欢会一样。"

"但是……"

看着犹豫不决的美世,清霞插了一嘴。

"你就试试吧。"

"老爷……可是……"

"学再多,不实践也没有用啊。"

这话虽然严厉,但有其道理。这时如果不鼓起勇气,那一切都无从谈起。

美世想要改变。

既然如此,她只能背水一战。

"我明白了。请带我一起参加那个宴会吧。"

美世知道此时自己表情僵硬。仅是说出要参加宴会这句话，就令她非常紧张，心脏也开始剧烈跳动。

"别担心，不会这么快就让你穿着礼服跳舞的。要加油呀。"

"好。"

叶月很健谈，这点和清霞正相反，但他们的温和性格极其相似。美世打心底感谢未婚夫为自己找来了这样一位优秀的家庭教师。

叶月同美世大致商量了一下今后的学习计划，留下了她带来的大量的教科书，然后回到了只有她一个人居住的久堂家主宅。

这些书可能是叶月年轻时在女校读书时用过的，虽经日晒稍有些褪色，却没有缺损，甚至让人怀疑是否真的被使用过。美世看着这些书，面露喜色。

美世难得高兴得两眼闪闪发光。清霞注视着她，思绪万千。

他明白不能这样下去，可他不确定是不是应该马上阻止她学习。

清霞十分苦恼，但看到美世开心的样子，又什么话都说不出来了。

  这天夜里,清霞又感受到了某种气息,睁开双眼。黑暗中,他再熟悉不过的那种气息像墨汁晕染在纯净的水中一样,在房间中逐渐渗透,飘散开来。

  清霞心想:又来了。但他也不能置之不理。

  清霞缓缓起身,尽量不发出脚步声,来到未婚妻的房门前。

  仔细想想,从她刚来这个家的时候就有这种征兆了。只不过最初气息比较微弱,连清霞都感知不到,所以没有发现。

  那是异能的气息。

  发动异能后的气息弥漫在空气中,就像开枪后残存的火药味一样。

  然后,清霞听到隔扇那边传来微弱的、早已听习惯了的美世的痛苦的呻吟。

  清霞缓缓拉开隔扇,走进屋内。

  异能的气息更加浓烈了,强烈地刺激着鼻腔,让人无法呼吸,被呛得厉害。

  他走到屋子中间的被褥旁,坐了下来。

  "不要……不要……"

  美世的额头上冒着汗珠,虚弱地说着梦话。眼前这情形,清霞虽然目睹了很多次,但还是会感到心疼。

  "好了……已经没事了。"

  清霞一手握着美世即使在夏夜也冰凉的双手,一手拨开美世额前的头发。

直到听到美世发出安睡的鼻息声,清霞才会离去。

黎明时分,美世在被窝里迷迷糊糊地睁开眼睛。

脸上的汗和泪干了以后,皮肤紧绷绷的,特别难受。

她意识到自己又做噩梦了。

距美世离开娘家到这边来已经过了好几个月了。春去夏至,这期间她每晚都被噩梦折磨着。

有时她能清楚地记住噩梦的内容,有时立马就忘了。

她一开始梦到的主要是在娘家的辛酸痛苦的回忆,但最近梦到的不只这些。被陌生人喋喋不休地怒骂、挖苦的梦,被囚禁在黑暗狭小的空间的梦,被恐怖的妖魔鬼怪追赶的梦,有人死去的梦,还有……

就只是梦……

有时清霞和百合江也会出现在梦里。这种时候,美世的胸口会疼得更厉害。

虽然她早就习惯了哭着醒来,但还是会害怕噩梦,甚至会犹豫要不要睡觉。她渐渐地开始失眠,身体也每况愈下。

在清霞的照顾下,美世的身体状况曾一度好转,但最近又不行了。

因为还有很多事情需要美世亲自去做,她根本没有躺一会

儿、休息一下的空闲。

美世用手稍微擦了擦脸,然后像往常一样换好衣服,急忙走进厨房。

"我出门了。"

"好。您路上小心。"

目送清霞离开后,美世"呼"地喘了口气。

今天早晨比前几天更热了,而且湿气很重,让人觉得闷热难耐。转眼间,美世的体力就耗尽了。本是个无意识的小动作,却被百合江发现了,她皱着眉头抬头看向美世。

"美世小姐,夏天容易消耗体力,您别硬撑着……"

"我不要紧。"

美世连忙否认,然后走进屋里。

这段时间,清霞和百合江都会仔细观察美世的状态,他们的第六感也很准。美世比任何人都知道,被人关心着有多幸福,但不能总是依赖他们。

虽然美世会失眠,但也并非完全睡不着,所以应该没什么大碍,只是有些倦怠。

"坚持一下,之后就会习惯的。"

美世在心里这样说服自己,转身回到厨房,快速洗完了碗筷。

这些家务美世已经做了很多年,能够处理得很好,就算有点心不在焉也不成问题。刻进骨子里的习惯,使她下意识地做着这些动作。

收拾完厨房后,该洗衣服了。

在夏日的清晨洗衣服,能接触到凉水,让人感觉很舒服。双手在洗衣盆中涮洗揉搓,迷糊的脑袋好像也被洗涤了一样。

清洗过的衣物还需要晾晒,美世把它们挂在晾衣竿上。虽然她每天都在做这件事,但衣物全部晾干之后,她还是会有小小的成就感。

"呼!我还行,我会加油的。"美世小声地说。

和在娘家时相比,做这些家务根本算不上辛苦。

美世又用手拍了拍脸颊,给自己鼓劲。

过一会儿,叶月会来,她们之前约好了今天上课。赶在她来之前,美世想先把书看看预习一下。

"百合江婆婆,我在房间里预习一会儿……"

"好的,好的,没关系。打扫的事就交给我吧。"

美世抱着水桶走回房内,刚说了一句,百合江便爽快地答应了。

美世认为自己给百合江添了麻烦,感到很不好意思,但学习势必得进行,她犹豫了一下,还是回到自己的房间,从那堆教科书中抽出了一本。

《家庭守则》？这书名真是直接。

内容似乎是关于做家务的一些基本要领。开始的几页都在长篇大论"什么是贤妻良母"，教人怎么做妻子、怎么做母亲、怎么帮助丈夫、维系家庭，等等。

一些看似理所当然的东西，作者也言辞恳切、郑重其事地加以说明，好像是想把这些内容深深地刻在读者脑子里一样。

好烦啊……

美世越往下读，越感到不安。

她想成为配得上清霞的妻子。难道这样就算是所谓的贤妻良母了吗？为丈夫打理好衣食住行，才能称得上是一名优秀女性吗？如果真是这样的话，那和现在的她又有什么不同呢？

对美世而言，最熟悉的名门之妻就是继母香乃子。她认为香乃子会做的事情自己也必须会，这才决定学习礼仪规矩。

美世这样想明明没错啊，可……

合格的妻子、配得上清霞的妻子，这些并不具象的东西化为模糊的影子，占据着美世的心……她感到不安，不禁扪心自问，这就是自己选择的正确的道路吗？

翻书的手停了下来，美世呆呆地定在那里，任凭时间慢慢流逝。

就这样过了一会儿，叶月在约定的时间来了。她们准备开始学习。

"那我们开始吧！小美世，你想先学什么呢？"

笑语盈盈的叶月依旧明艳动人。叶月给人的印象十分开朗，也很健谈，如果仔细观察的话，会发现她的举止也很优雅。美世简直不敢想象，自己在宴会前会成为接近她的样子。

看着情绪越来越低落的美世，叶月有些担心。

"不要慌。我觉得小美世现在的举止已经很优雅了。"

"是吗？"

"对啊。小美世从小就开始学习礼仪规矩了吧？基本的行为规范应该已经掌握了吧。"

的确，即使在斋森家被当作用人对待，她为了不做有辱家门的事，一直小心行事。虽然学过的规矩也都派上用场了，但……

那段辛酸的日子却在现在帮上了忙，想到这些，美世差点要哭出来了。

"咱们暂且先为宴会做准备吧，茶道和插花以后再说。而且，清霞说家务也不需要特别教你……最要紧的是礼仪和谈吐。我找一下啊！"

叶月这么说着，把手伸向昨天带来的一大堆教科书。

叶月一改之前优雅的举止，显得有些孩子气。她的举动让美世又把眼泪憋了回去。

"那个……叶月大人……"

猛地被美世叫了一声，叶月突然停住了手，瞪圆了眼睛扭过头来。

"你刚才说什么？"

"哎？我说了什么奇怪的话吗？"

看着一脸不解的美世，叶月轻轻用手捂着嘴说："那个称呼啊！"

"啊……那个，称呼您叶月大人是……"

"不可以！"

叶月像是要吞掉这个词一样，美世被这么一说，肩头猛地一颤。

"啊，不好意思……突然这么大声。"

"没……没有。"

叶月叹了口气说："我就是这样的嘛。"

突然被这么强烈地否定，让美世想到以前的一些事情，不禁感到有些害怕。从叶月目前为止的表现来看，她应该是从清霞那里听说了美世在来这个家之前受到了怎样的对待。但是，美世却因为让叶月过分担心而感到抱歉。

叶月再一次轻声地说了声"对不起"，重新整理好心情，微笑地握着美世的手。

"是这样的。小美世，我希望你尽量叫我姐姐。"

"呃……"

美世被这突如其来的话惊住了。

"我可是一直想要一个像小美世一样可爱的妹妹呢。但我只有个弟弟，还是清霞这种一点都不可爱的弟弟。真是讨厌啊。"

"呃……"

"小美世,你又可爱又善良,已经很完美了。我弟弟清霞既不可爱,性格还固执,只有和你在一起这件事还算做得不错。"

"啊?"

叶月激情澎湃地发表着演说,眼睛闪闪发光,美世在一旁看着,插不上半句话。

"我想和你更要好一些呢。以后我们就是一家人了。你可以尽情和我撒娇,完全信任我。虽然清霞既不温柔又少言寡语,但他肯定和我的想法一样。"

"一家人……"

"是啊。所以呢,你不要太拘谨。你要是能放轻松叫我一声姐姐,我就更开心了。当然了,实在勉强的话就先不叫。"

姐姐。

叶月听到别人这样叫自己,一定又会像孩子一样天真地笑起来吧。但美世一被喊"姐姐",就会浑身僵硬。她害怕别人这么称呼自己。

那个孩子已经不会再出现在美世面前了。为什么听到"姐姐"这个词,美世还是会不由自主地联想到她呢?

一想起那个亲人、那个唯一的妹妹,美世便浑身发抖。不仅如此,美世闭着眼时,那个女孩的身影也会时隐时现。这让美世对"姐姐"这个称呼犹豫起来。

"那个……我叫您叶月小姐可以吗?"

美世刚这么说完,叶月就笑着说道:"好啊。"

叶月还是那么善解人意,完全看不出她灰心丧气的样子。

对异特务小队驻扎在帝都的一个角落里。

这天,领队清霞在办公室埋头处理文件。

"队长!"

"怎么了?"

清霞的心腹五道从门外探进头来,向清霞汇报。听到是他的声音,清霞头也不抬地回应着。

"少将到了。"

"这么早……"

听到客人比约定时间提早到了,清霞有些发愁,但对方是自己的直属上司,平时又特别忙,所以也不好抱怨什么。

清霞立刻赶向接待室。

"不好意思,我来晚了,大海渡少将阁下。"

"没事,是我来得太早了。清霞,抱歉打扰你工作了。"

"没有。"

一名身穿军装、身材高大的男人坐在接待室的沙发上苦笑着。

他就是大海渡征,帝国陆军参谋本部的军人,少将军衔,虽然已经四十岁了,但在重将云集的陆军参谋本部还算是年轻的。

作为军人辈出的大海渡家的后人,他前途无量。

在军队内部,对异特务小队被视作异类,在形式上接受大海渡的领导。

"去宫城前,有件事要告诉你。"

"什么?"

听到坐在对面的清霞这么问,大海渡表情复杂,简单应道:"盗墓人出现了。"

"盗墓人?"

"对。"

清霞愣在原地,眉头紧锁。

"这应该归警察管吧。"

人们所说的幽灵或鬼怪,基本上是由对异特务小队分管的。

不过,墓地一般不会有必须要清霞等人出面制伏的恶灵。因为但凡有墓地,就说明有人在供奉。就算坟墓被挖开一点,也不会出什么大问题。

当然了,也会有例外,所以清霞需要详细了解具体情况。

"这我也知道。现在什么都还没发生,但……"

大海渡好像也不知道该怎么办,支支吾吾地说着不明所以的话。

"好像郊外的'禁区'也被入侵了。"

"啊?"

清霞一时语塞,不敢相信自己的耳朵。

禁区在郊外，杳无人烟，正如其字面含义，是严禁踏入之地。那里看上去像一片森林，属于宫内省的管辖范畴。也就是说，那里藏着历朝历代天皇家不能对外公开的机密。

至于那里的墓地……

"难道？"

"没错，就是你想的那样。'奥津城'被挖开了。"

"什么？"

清霞不禁倒吸了一口凉气。

禁区内只有一处墓地，就是名为"奥津城"的地方。

一言以蔽之，那是"异能者的墓地"。

总的来说，异能者和鬼怪拥有极强的力量。因此，他们的灵魂也比普通人更强大，只受到普通供奉的话，是无法得道成佛的。

多数异能者都是在战争中含恨而亡的，如果他们的灵魂苏醒，很可能会伤害百姓。

奥津城就是封印这些异能者灵魂的地方。要是被挖开的话……

清霞用手托着下巴，陷入沉思。

灵魂是没有理性的。逃脱封印的灵魂游荡到禁区以外的话，不知道会造成多么严重的后果。

虽然宫内省也会采取一些措施，但要把游荡在禁区外的灵魂带回奥津城再次封印起来，恐怕也不是那么容易，需要花费一段时间才能彻底解决。

这绝对是件超乎想象的大事。

"现在怎么样了？封印被破坏到什么程度了？"

"宫内省的术士好像已经基本控制住情况了，但现在我们这边获取不到什么新消息。派人去宫内省打听，对方要么缄口不言，要么犹犹豫豫。老实说，我正发愁该怎么办呢。"

大海渡表情严肃，叹了口气。

"总之，宫内省不愿明说，可能就是奥津城的封印还没有被完全控制住吧。要是伤及百姓可就酿成大祸了，所以咱们这边也得加强警戒。拜托你了。"

大海渡虽然不满意宫内省的安排，但也没有其他办法。事到如今，清霞等人唯一能做的就是祈祷在百姓遭殃之前，宫内省能传来请求合作的消息。

说完这件令人头痛的事后，大海渡站了起来。

"那么，你能马上动身吗？我打算直奔宫城。"

"好，没问题。"

一如当初的约定，清霞离开执勤所，和大海渡一起坐上了司机驾驶的小轿车，向着天皇所在的宫城出发了。

在车上，这二人也聊个不停。

虽然平时总是聊工作，但他们于公于私都有往来，不管从哪方面来讲，都是秉性相投的知己。而且，这二人平时都太忙，很少有机会聚聚，所以现在有说不完的话。

"清霞，听说你订婚了。后续发展如何？"

清霞早就想到他会这么问,于是含糊地答道:"也没怎么样。"

看到清霞面无表情的样子,大海渡毫不在意,继续问道:"能让那么不想结婚的你下决心结婚的人,肯定跟你很合得来吧?"

"我也不是特别避讳结婚这件事。"

清霞身为久堂家的一家之主,是不可能不结婚的,而且他本身并不讨厌结婚,只是之前一直都找不到合适的对象。从这个意义上来说,或许可以认定他和美世挺合得来。

"发生了那么多事,我还以为你俩会走不到一起呢。可尽管如此,你还是选择了这个女人,说明你俩还是很合适嘛。"

"那并不能怪她。"

"看来,那些说你讨厌女人的传言,真是大错特错了。"

"随他们说去吧。"

听到清霞如此生硬的回答,大海渡瞬间笑了出来。

斋森家曾在一次火灾中化为灰烬,由此引起了一场骚动。关于这件事的来龙去脉,大海渡自然也有所耳闻。

清霞感到有点憋闷,轻轻地吐了口气,顺势岔开话题。

"辰石已经先到了吗?"

"嗯。没想到他居然会那么认真地工作。"

"这是理所当然的吧,他们家可不能再失去天皇的信任了。"

不过,清霞心里想的可不是这样——如果他不认真工作的话,他全家可都不会好过。

由于辰石家前当主辰石实犯下了罪行,其长子一志成了新的当主。不过,辰石一志这个男人还是有两下子的。清霞和大海渡一开始都不太相信他能让信誉扫地的辰石家重振雄风,但出乎所有人的意料,他正在顺利地履行着继承人的职责。他利落地办完复杂的手续,积极配合警察和军队进行事件调查。

今天在宫城的任务有一半由他负责,他们约好一会儿在现场汇合。

清霞和大海渡乘坐的车没行驶多久,就到了全国最尊贵的氏族居住的城池。

城内土地宽阔,沟渠满布,郁郁葱葱的樱花和松木并排在石板路两侧。这里有好几座宫殿,每一座宫殿里都住着不同的氏族。清霞等人要拜访的是位于城池正中央的最大的那座宫殿。

车停在玄关前,他们二人从车上下来,像平常一样,走进殿内。

"二位的同伴已在此恭候多时。"

引路的侍从打开隔扇,里面是比他们先到一步的辰石一志。

"你们好,久堂先生,大海渡先生。"

这个身穿华丽和服的公子哥看到清霞他们,脸上露出了奇怪的笑容。

"一志,你就打算在御前穿这个吗?"

清霞感到一阵头痛,用手摁着太阳穴。

辰石家已归入久堂家麾下,清霞负有监管之责,所以不得不提醒他两句。

"我又不在军队工作,而且我听说异能者原本都是这样的。"

一志云淡风轻地说着,一点都不怯场。

他说的确实是事实。异能者除了忠诚于陛下,没有其他必须要遵守的规定。所以,对于如今不在军队工作的异能者,没有服装方面的烦琐规定,他们也不会因此被说三道四。

这是个从很久远的时代传下来的习惯,同时也证明了异能者的存在对于这个国家是多么重要。不过,清霞还是希望他可以有最基本的礼貌。红色和黄色这种鲜艳的颜色太刺眼了。

"非要较真的话,这也算是我的正装啊。久堂先生,别对我说那些刻板老套的话了。"

"下不为例,要是再这样,看我不拿刀砍你。"

大海渡觉得清霞可真够操心的。清霞看到大海渡的眼神,有点想打道回府了。

虽然起了些无伤大雅的争执,但与一志汇合后,清霞他们终于要见到相约之人了。

现场的气氛有些严肃,清霞和大海渡早就习惯了。

他们走到宫殿的最深处。精美奢华又独具匠心的隔扇后面,是居住在此的贵人的会客厅。

"打扰了。大海渡、久堂、辰石前来拜见。"

"请进。"

作为三人的代表,大海渡刚一开口,里面立刻有了回应。

"许久未见,尧人大人。"

他们进入屋内,看到正对面有一位高贵之人坐在壁龛前面。

那人唇红齿白,细长清亮的双眸毫无波澜,静如死水。

明明和清霞年龄相仿,但因其超凡脱俗的长相,有的人说他像少年,有的人说他像少女,这副容颜自然而然地使他带有拒人于千里之外的压迫感。

他没有姓氏,只有"尧人"这个名字。

这样的他,是天皇的儿子,也就是这个国家的皇子,更进一步说,他是皇位继承人中最有实力的候选人。

"来得正好,征、清霞,还有辰石家的新当主。"

清霞等人一起深深地鞠躬致礼,就连一志此刻也很懂事。

尧人倚在扶手上,嘴角露出淡淡的微笑。

"汝三人起身吧,不必拘礼。"

"是,失礼了。"大海渡应道。

紧随其后,清霞和一志也抬起头来,三人正襟危坐。虽然说了让他们放松,但没有人会傻乎乎地松懈下来,不过紧张的气氛倒是有了些许缓和。

清霞向大海渡使了个眼色,二人交换了座位。

今天主要说的是与异能相关的事情,属于清霞的管辖范畴。大海渡虽是清霞的上司,但并非异能者,不过是按照规定陪同在侧。

清霞低下了头,开始汇报。

"尧人大人,请先允许他给您请安。"

"好,上前来。"

在这样的催促下,一志稍向前挪了挪,低着头说道:"属下是

辰石家的新任当主辰石一志。前任当主罔顾天赐异能,犯下滔天大罪,但您却允许属下到此觐见,属下感激不尽。"

"不必在意。当一家之主很辛苦吧。"

"属下不胜惶恐。今后,辰石家将会协助久堂家,为重拾辰石家的名誉竭诚尽忠。"

"好,吾代表天皇,赦免辰石一家。望汝能始终如汝所言,励精勤勉。"

"遵命。"一志回答道并再一次向尧人深深鞠了一躬。

异能者只能听命于天皇一人。因此,如果没有天皇的赦免,辰石家即使按照社会法则弥补了罪过,也没有存在的意义。

所以,现在辰石家又可以为陛下效忠了。

"清霞也辛苦了。斋森家的事真是令人遗憾。"

尽管斋森家的势力逐渐衰败,但国家还是彻底失去了一个长期继承异能的家族。这对于天皇和帝国来说,是巨大的损失,本来是要严肃追责的。但这次没有死人,而且当事人——斋森家的族人——已经受到了惩罚,所以不了了之,仅此而已。

清霞一脸忧郁,双目低垂。

"是属下无能,请殿下恕罪。"

"不碍事。这也是命中注定的。"

尧人笑着点了点头,气派十足。

皇子和异能者之首是幼时之交,如果忽略掉规矩和习俗,二人的关系原本会更亲密。

"叩谢大恩。尧人殿下,属下听说您最近收到了天启。"

"嗯,你们也听说了奥津城的封印被破解一事吧?"

"原来是这件事啊。"清霞在心里说着,眉头紧锁。

所谓天启,就是只有历代天皇的直系子孙才能继承的异能。拥有这项异能的人能得到神谕,预测未来的旦夕祸福。

天启,就是预测未来的能力。历代天皇就是通过这种能力预知国家的危机并及时规避,或是竭尽全力把伤害降到最低。

事实上,并没有人知道神谕是否真的存在,但异能者的任务之一就是遵从天启与厄运抗争,历史上也确有其事。

尧人是当今天皇的次子,由于长子并没有继承接收天启的能力,所以基本可以确定下任天皇就是尧人。由此可见,继承天启是争夺皇位的重中之重。顺带一提,当下的局势是:天皇御体欠安,尧人代为接收天启并指挥清霞等人行动。

"要当心啊……可能会发生战争。稍有不慎,可能会命丧黄泉。"

清霞深知尧人之意,不免有些惊讶。

参加战争免不了会有性命之忧,但特意把清霞等人叫来并直言相告,实属少见。

"您说有性命之忧,到底是谁……"

"吾尚未继承大统,力量不够稳定,所以预见不到那么远。"

"属下明白了。总之,肯定是有危险的事吧?"

"嗯。"

看来必须得小心了。如果连清霞等人都有危险,那毫不知

情的无辜百姓就更危险了。

听到这番对话,大海渡和一志不由得屏住呼吸。

"之后若再预见何事,必将通知汝等。"

"好的,您费心了。"

"啊……对了,清霞。"

原以为可以走了,清霞又被尧人叫住了。

"您还有什么吩咐?"

"听说汝订婚了,终于……"

又是这事啊,清霞都有点听腻了。最近只要见到熟人,都是在问这件事。

同样的事被反复问到,清霞已经有些厌烦了。

但尧人似乎也不像是在取笑他。

"汝的未婚妻……算了,以后估计会有不少麻烦事。"

"麻烦事?"

"不过有汝在,应该都不成问题。"尧人这么说着,"呵呵"地笑了两声。

"这也是天启吗?"

能够预见未来的皇子并没有回答清霞提出的问题。清霞与他相交多年,很清楚此事他不会尽数相告。

"属下记下了。"

就这样,清霞三人告别了尧人,各自在心里盘算着自己接下来的行动计划,走出了宫殿。

第二章　褐发的他

叶月大约隔一天来一次，对美世的教导可谓十分严格。

"对，就这样，不要驼背。集中注意力，让身体舒展开。"

美世按照叶月的建议，挺直背部，两肩微微向后，扩展胸部。为了养成习惯，她在家里的走廊上也练习着这种走路姿势。美世平时总爱低头走路，所以眼睛总是不由自主地往下看。这样一来，自然就会有些驼背，整个人看起来阴沉沉的。

"宴会是社交的场合。与别人交流时，给对方留下阴郁的印象可不太好啊。首先，你必须要改掉那些看起来不太自信的举动。"

"好。"

美世托叶月给自己准备了一面全身镜，她把这面镜子搬到了自己的房间里。

得空的时候，美世经常会站在镜子前，确认自己的举止形态是否和叶月教的一样。

教学时，叶月会模拟各种情况。

"和别人说话时,要是聊到了自己不懂的事情,笑着附和就行了,尤其是对健谈的男子。因为这种人大多只是希望能有个人听他说话,至于对方是谁,他们并不在意……嘴角要上扬,眼角要向下,微微一笑,恰到好处。"

"是这样吗?"

美世按照叶月说的方法试着笑了一下,叶月当即说道:"太僵硬啦!你回忆一下自己平时微笑的感觉。笑得不自然的话,反而会影响对方的心情呢。"

"明白了。"

"也会有这样的情况——在常用的小餐桌上摆着西餐用的盘子、刀叉、汤匙和玻璃杯等物品。这次宴会将为来宾准备食物,所以你最起码要记住这些餐具的使用方法。"

紧接着,叶月一项一项地指导美世并说着注意事项:"使用餐具时尽量不要发出碰撞的声音,一定要注意不要因为饮料的重量弄倒了玻璃杯。那天尽量不要喝酒。要是喝醉了,之前所有的努力都白费了。"

"好的。"

美世点点头,将这些话深深地刻进脑海中。

除此之外,叶月又教给美世各种社交技巧,包括如何用外语简单地打招呼、被纠缠时如何应对、如何自我介绍、沟通交流时常用的套路,等等。虽然都是些小技巧,但一口气全记下来还是挺难的。

为了加强记忆，美世把学过的内容记在了笔记本上，一有空就看上两眼，在脑海中不断地重复着那些动作。就算时间有限，百合江也愿意帮忙，但美世不能一点家务都不做。

白天，美世边做家务边自学，叶月来了就严格训练。预习和复习基本上都在晚上进行。再加上她会做噩梦，睡眠时间自然会减少。

"小美世？"

"啊？怎……怎么了？"

听到叶月在叫她，美世一下子回过神来。

八月上旬的这天，美世、叶月、百合江三人一起来到闹市。

叶月说想出来转换一下心情，其实是为了检验美世在外面是否也能熟练运用学到的知识，算是实践吧。

美世原本想坐车的时候在脑海里多复习几遍，可她一直在发呆。

"没事吧？总感觉你脸色不太好啊。"

"啊，没事……我挺好的。"

美世的脑子是蒙的，她努力使自己保持清醒，勉强回复了这么一句。

最近美世做噩梦的次数更频繁了，好像在学习上投入的精力越多，情况就越严重。

"事到如今，你学什么都没用。"

"我们不可能认可你这个徒有其表的名媛。"

在梦中,大家你一言我一语地这么说着。父亲、继母、香耶,有时甚至连百合江、叶月和清霞都不愿理睬她,不管她如何否认或号啕大哭都无济于事。

老实说,忍受醒来时残存的绝望感并不是一件简单的事情。美世甚至会觉得自己一无是处,萌生出要是死了就解脱了的想法。

"但这些也不是无用功……我一定也能做到的……"

每当在梦中被否认时,美世就更想推翻他们的看法,因此会更加专注地学习。哪怕之后还会被噩梦折磨,她也不肯放弃。

"小美世,我这么说可能会有些奇怪,但太过在意也不见得就好。学习总有个过程,你再着急也没用呀。你已经在努力成长了,所以不要太拼啦。"

"好。"

"我也很担心您。美世小姐,您最近吃得也少了,这样下去对身体可不好啊。"

"不好意思,让你担心了。"

听到这两人接二连三的叮嘱,美世垂下了头。

她明白,自己身体总是不舒服,一直被噩梦困扰,这些都不是正常现象。

同时她十分清楚,自己做事总是不得要领,如果在一个半月这么短的时间里不拼命学,到时连装装样子都困难。

夏天的帝都,太阳火辣辣地烤着马路,热得人浑身发软。

路边布置了很多冰淇淋和朗姆酒等解暑商品的广告旗。人们或是身着浅色洋装,或是穿着薄款和服,看起来格外耀眼,不少人都躲在建筑物的阴影处休息乘凉。

车停在闹市附近。推开车门,一股热浪涌来。在车里开着窗吹着风,人还觉得挺舒服,可一下车就不是那么回事了,遮阳伞和扇子一刻也不能离手。

三个人下车后,司机表示一会儿过来接她们,然后驾车离去了。

"好啦。今天咱们就抓紧时间,早点结束回家吧。"

"那个,叶月小姐,我真的不要紧……"

美世婉转地表示自己不想浪费这个难得的机会,可当即就被驳回。

"不可以!你脸色都这样了,还犟什么呀!今天回去了就好好休息,听到没?"

"好吧……"

听到叶月的语气如此强硬,美世只好不情愿地答应了。

三人就这样在街上闲逛着。

闲逛似乎会给人一种放松的感觉,实际却并非如此。

美世不仅对自己迈出的每一步都格外注意,而且时刻保持着优雅的姿态。

她们偶尔也会进入街边的店里,美世在不影响店员正常工作的情况下,会和店员简单地打个招呼或是问些问题。这是在

练习微笑着和别人说话。

"嗯,我觉得很不错了,你表现得很好嘛。"

转了一会儿,她们决定找个店休息一下。途中,美世听到叶月对自己的这番评价,安心地松了口气。

"谢谢您。"

"但是你这样硬撑着很累吧?刚才我也说了,千万不要焦虑。到了那个重要的宴会,要是身体撑不住了,可就是赔了夫人又折兵啊。"

叶月说的话也有道理,当然,美世自己也明白。

也许是因为太热了,从刚才开始,美世就无法集中注意力,脑袋里一片混沌,根本没有办法好好说话。

不知不觉间,汗水滑过太阳穴流了下来。

"为什么不管怎么努力,都无法充满自信呢?我必须得说点什么……"

话刚到嘴边,美世忽然眼前一黑。

"小美世?"叶月疑惑地问道。

美世明明能听到叶月的声音,却感觉和叶月的距离越来越远。

这是怎么了?

她脚下发软,失去了平衡感,快要站不住了。

美世意识到自己就要摔倒了,不由得闭上了双眼。

"哎呀!"

然而，她倾斜着的身体好像撞在了什么硬东西上，随即从背后传来一个年轻男子的声音。

美世闻到周围弥漫着一股清爽的香水味，发觉有人扶住了快要摔倒的自己，顿时吓得面如土色。

"非……非常抱歉！"

美世赶忙慌慌张张地起身，还没来得及看清对方的脸，就深深鞠了一躬。

她觉得自己的脑袋迷迷糊糊的，甚至还给不认识的人添了麻烦，很过意不去。

美世心跳加速，拼命按住快要颤抖的手指，向对方说了句"真是非常抱歉"。

"啊，请抬起头来吧。"

这声音听起来好像有些着急。总之，知道对方没有因此动怒，美世松了一口气，战战兢兢地起了身。

眼前站着的是和刚才那声音相匹配的年轻男子。

他的个子不算太高，身材瘦削，头发是很特别的褐色，打理得很整齐。他穿着白衬衫，系着领带，还套着一件马甲，可能是哪个公司的白领吧。面容和善的他正尴尬地笑着。

"没关系的。不用管我，你没受伤就好。"

"是我不小心才会这样的。真的十分抱歉。"

"我也应该向您道谢。"

叶月从美世身旁走了出来，优雅地鞠了个躬。

"非常感谢您帮助她,要不是您碰巧路过看到了,真不知道会怎么样呢。"

"不,不,没有那么夸张。既然大家都平安无事,就不用太在意了。"

这个年轻人并没有因为叶月郑重的道谢而慌乱,而是礼貌地回应道:"突然晕倒太危险了,要是真受伤了可就不好了,你以后可得注意啊。"

"好的,谢谢您。"

"那我就先告辞了。"

这个好心的年轻人向她们轻轻点了点头,便转身离开了。

美世满怀感谢与抱歉之意,目送着他离开的背影。旁边的叶月随口嘟囔着:"他究竟是谁呢?"

"嗯?"

"他穿的衣服做工很讲究,而且我总觉得他的一举一动很眼熟。虽然不认识,但他会不会是哪个名门子弟呢?对了,比起这些,小美世,你还好吗?有没有感到哪里疼或者难受呢?"

"没有,我现在挺好的……"

和往常一样,叶月有时候是优雅高贵的大小姐,有时候却天真得像个孩子,反差相当大。

虽说美世已经差不多习惯了,但还是被叶月突然间的完美转换压制住了,只能不停地点头。

"真是的,吓死我了。都怪我没有考虑小美世的身体状况,大热天的把你带出来……"

"不……不是的。我只不过是不小心被绊了一下。"

"可是……"

刚才那种状态是被绊了一下？这根本说不通。

美世无论如何也不想承认自己虚弱到快要站不住了。学习才进行到一半，在这里长时间休息下去也只会浪费时间。

虽然美世说话时态度坚决，但叶月的眼中还是充满担心与怀疑。

二人沉默片刻。

"美世小姐，叶月小姐。"

喧嚣的街上传来百合江冷静到仿佛不带任何感情的呼叫声，这种声音美世以前从没听到过。

"我有话想和二位说。你们肯定也愿意听，是吧？"

百合江说话的语气虽然和平时一样温柔，但也流露出一丝难以隐藏的愤怒。

美世和叶月已经做好了一起被说教的心理准备。

"初次见面，久堂少校，我是鹤木新。"

宫内省通过大海渡在清霞身边安排了一名年轻男子。

第一次在会客厅见面时，这名年轻男子温柔地笑着并且自

报了家门。清霞彬彬有礼地看着他,心里却在盘算着什么。

鹤木新,今年二十四岁。

鹤木家族经营着一家中等规模的贸易公司。鹤木贸易是在维新运动之后成立的,大约二十年前,曾因业绩不佳面临破产危机,后来局面一度扭转,目前经营状况已趋于平稳。鹤木新作为这样的富家子弟,不管是学历还是其他方面,都没有可疑之处。

除了大海渡提供的一些基本信息外,清霞事先也做过一些调查。由于鹤木新好像不在宫内省任职,所以清霞到现在也没搞清他到底为什么被派来这里。

见面后,他给人的印象还不错。

他相貌清秀,脸上一直挂着亲切的笑容,很有亲和力。微卷的褐色头发配上高级衬衫,竟格外自然。

尽管如此,清霞还是觉得他哪儿有点别扭,似乎不太协调。

"鄙人久堂清霞,目前任对异特务小队的队长。"

"久仰大名。你在社交界的名气可是不小……听说你不近女色,简直像冻土一样冷。"

新这么说话是有点失礼了。清霞眯起眼睛一言不发。

这是简单的挑衅,还是在试探着什么?或者只是无心之言?清霞从那人畜无害的笑容中读不出一点信息。

"还是不说这些闲话了。我就想了解一下奥津城的事情。"

"啊,是这件事啊,非常抱歉。"

新道歉时也不发怵,反而随口以一句"那么"就转入了正题。

"大约两周前的一天的深夜里,奥津城的封印被人破解了。这段时间以来,宫内省一直在快马加鞭地收回外窜的幽灵并锁定犯人,但幽灵只收回了七成,犯人也尚未查明。"

"宫内省为什么要急着告诉我们这件事呢?原本该是极力封锁消息的吧。"

"宫内省的术士太少了。从收回率七成就能看出来,人手已经不够了。宫内省的官员们也终于意识到了这一点。"

还真是心大啊。

宫内省从一开始就该知道人手不足。毕竟,没有成佛的异能者的亡灵基本全都沉睡在奥津城中。这次虽然不是全部都逃到禁区之外,但数量也足够庞大。

事到如今,那些充满怨念的幽灵们很有可能会大举侵害百姓。

"也就是说,宫内省不再打算秘密处理,而是想要找我们合作?"

"是的,你也可以这么理解。"

"原来如此。"清霞附和道,随即提出另一个核心的问题,"我懂你的意思。人命关天,我们会予以协助。不过,我这么问可能有些唐突,你为什么会来这儿呢?你应该不在宫内省任职吧。"

新当然也不是军队的相关人员,也没听说过鹤木家是异能之家或者新本人是异能者的消息。

这点让清霞怎么也想不明白。

虽然新的身份暂且明确了,但如果不能确认他的立场,清霞就无法信任他。

面对清霞的质疑,新苦笑着说道:"我就料到你会这么问。也是,只要不是傻子,应该都会在意的吧……其实我就是所谓的人。我一直负责鹤木贸易公司的谈判业务,不过偶尔也会受熟人委托,接到诸如此类的任务,专门替别人说些难以开口的话。"

"可你似乎很熟悉奥津城和异能者的事情。"

"这就是谈判技巧啊。故弄玄虚也好,不懂装懂也好,关键是要让别人觉得你在这方面很精通。要是因为无知而被对方瞧不起,那才算是失败。"

"原来如此。"

看到清霞点着头恍然大悟的样子,新忍不住笑了出来。

"调查对方是基础中的基础。我对久堂少校的事情也略知一二哟。比如说你最近订婚了这件事。不过,这件事不用调查也可以,毕竟都已经传开了。"

"我想也是。"

就连不怎么参加社交活动的清霞都能想象到。

"真是羡慕啊。我也想早点找到一个合适的结婚对象稳定下来,可总是事与愿违……结婚可真难啊。"

就在说话的一瞬间,新的眼神突然变得很犀利。

本就是些无关痛痒的对话,却让清霞觉得话里带刺。虽算不上是敌意,可清霞总觉得他对自己带有类似反抗之类的情绪,但转瞬间他又会变回之前那种亲切温和的表情。

新令清霞感到难以捉摸,但与对方相比,自己目前掌握的信息太少，处境相对不利，于是他暂且略过这一点，继续说道："总之，既然已经被正式委托，我们肯定会处理的。关于收回幽灵的方法，宫内省有何指示？"

"收回幽灵要用专业的施法道具。只不过，这些飘荡在外的幽灵大都心怀怨念且极具攻击性，所以宫内省允许异能者视情况而定发动异能与幽灵作战，甚至是消灭他们。倒不如说，宫内省和天皇好像更倾向于后者。他们认为留下这些棘手的东西，只会让这种严重的事情再次发生……详细情况请参阅这些文件，通过大海渡少将从军队下发的正式通知也在这里。"

新从一旁的公文包中取出几份文件。

既然对手是异能者的灵魂，那么其中自然包含了清霞等人的祖先。虽说如此，但无论到何时，留存于现世的死者就只是棘手的东西。天皇下令消灭这些亡灵也在情理之中。毕竟，应该受到重视的不是死者，而是活着的人。

"明白了。"

清霞把排列在桌上的文件大致浏览了一遍，然后小心翼翼地收起。

"另外，今后我将成为两边的联系人，所以会经常到访，还请多多关照。"

"噢，知道了。也请您多多关照。"

之后，两人又简单交谈了几句，新便动身准备离开。

由始至终，两人的谈话氛围都比较和谐，没出什么问题，但新在临走时说了这么一句:"愿您武运昌隆,久堂少校,再会。"

这句话听起来有些冷酷。

清霞从会客厅回到办公室,准备处理书桌上堆积如山的文件。

这实在是令人头疼啊。除了日常工作外,因为奥津城的事,清霞每晚都会让队员们轮流外出巡逻、打探消息。当然,这些不能全交给队员去做,清霞也会尽量亲自出马,他的负担也很重。而且……还有薄刃家的事情。

看着美世每晚都被噩梦折磨,清霞心里也很难受,精神上也有些吃不消。清霞想为美世做些什么。他虽有这份心,但完全不知道该从何处下手。再加上她自己什么都不说,清霞束手无策。只是,每当清霞看到日渐虚弱的美世,就会越来越焦虑,甚至产生她很快就要香消玉殒的想法。

清霞拿起堆积在桌上的一份资料,是他委托情报站对薄刃家进行调查的进度报告。

现在,清霞的目的就是找到薄刃家的位置,和薄刃家取得联系。那个位置太隐秘,靠打听消息或翻阅政府记录根本无法确定,清霞只能从人际关系入手,一点一点查起。最后,他决定委托情报站去调查美世的母亲——薄刃澄美的个人经历。

"这可是要花点时间的。"受到委托时,情报站的人怏怏不乐地说道。

薄刃这个名字背后隐藏着大量的信息,调查起来相当困难。情报站的人实在是无从下手,所以清霞只好让他们先从女子学校的花名册里查找名为"澄美"的女子。

符合条件的至少有二十人。

调查顺序是,确定薄刃澄美在女子学校就读的时间,然后在帝都的学校中,将同时期就读的名为"澄美"的女性的身份全部核查一遍。清霞拿到的资料中也有对此过程的汇报。

遗憾的是,结果并不理想。

靠身体特征找人一点也不靠谱。符合"黑色头发""五官标致"这两个条件的人特别多。说起来,他们不仅无法确定薄刃澄美是否住在帝都,甚至也不知道她是否上过女子学校。在这种情形下,想锁定目标是不可能的。

这时,清霞的脑海里突然闪过刚刚才见过的那个年轻人。

清霞像是意识到了什么,不停地翻着这份报告,终于找到了要看的那一页。

"果然是这样……这只是偶然吗?还是策划好的?"

清霞虽然想不明白,但这其中奇怪的联系却值得一探究竟。

距离美世在街上快要摔倒的那天,又过去了好几天。

外面依旧酷暑难耐,美世还在被噩梦困扰。

那天回来以后,百合江把美世和叶月严厉斥责了一顿,叮嘱她们要注意身体。此后,叶月就把美世的学习时间稍微缩短了些,教导要求比以前放宽了些。

可美世每晚还是因为噩梦而失眠,积蓄已久的疲惫让她的身体状况不断恶化。她意识不清、头脑发蒙的次数越来越多。

"这可不行,我一会儿还得做午饭呢。"美世轻轻摇着头在心里提醒自己,将注意力集中到手上。

这天,美世、百合江、叶月三个女人围坐在一起吃午饭。

大家都因为暑热而食欲不振,所以就做了简单的茶泡饭。

把早餐剩下的冷饭放到每个人的茶碗里,在上面放上小块的煎鲑鱼,撒点芝麻,淋上用少许酱油和盐调味的温热汤汁,再撒点撕碎的海苔,就做好了。最后配上百合江自制的梅干,然后端上桌。

"哇!看起来好好吃啊!"

"对不起啦,只有些粗茶淡饭。"

"完全不用在意这些。谢谢你,小美世。"

虽然这顿饭很明显是"偷工减料"的,但叶月却表现得特别高兴,两眼闪闪发光。

"美世小姐真的是很会做饭啊。"

"倒也没有啦……"

听到这么夸张的赞美,美世羞得无地自容,连忙摇头。

可叶月目不转睛地看着茶碗里的饭说道:"就是很好啊。你真的很厉害呢。说起来还有些不好意思,我其实不怎么会做饭。"

接着,三个人双手合十说道:"我要开动了。"然后拿起了汤匙。

让米饭充分浸满汤汁后,连同鲑鱼块一起,舀起来放入口中,恰到好处的温热和咸味立即溢满口腔。然后吃一口梅干,酸味再一次改变了米饭的味道,让人在食欲不振的夏天也能大快朵颐。

"果然和想象中的一样好吃呢。"

"能合您的口味真是太好了。"

"看到美世小姐能把饭做得这么好吃,百合江我也很自豪呢。"

"太……太夸张了吧……"

仅仅是把汤汁浇在米饭上而已,这种赞美有点过头了,甚至让人不禁怀疑对方是不是话里有话。不过美世倒不觉得叶月和百合江会有什么坏心眼。

叶月一边细细品尝着茶泡饭,一边嘟囔道:"我呀,真的是不会做饭。这碗茶泡饭对小美世来说可能很简单,可我真是无论如何也学不来呢。"

"是吗?"

"嗯。在女子学校的时候,我的烹饪课成绩就很差,甚至在

很大程度上拖了其他科目的后腿。"

"说起来,确实是有这么回事呢。"百合江苦笑着点头附和道。

"煎东西会烧焦,煮或者烫东西会散架。仅仅是把食材混合起来,也会弄得黏黏糊糊。只是拿着菜刀也会在不知不觉间切到手指。难以置信是吧?"叶月叹了口气。

对于这些失败经历,美世一句话也没反驳。

据叶月所说,女子学校的课程中有很大一部分都是家政课程,其中最重要的是做针线活,所以不擅长做针线活的学生虽然不至于没有,但是数量极少。不过,在烹饪方面,学生的水平确实参差不齐。

总体来说,女子学校的学生大都家境殷实,但富裕到能聘请用人的家庭却很少。有用人的家庭的女儿虽然学习了怎么做家务,但很少有实践的机会,所以无法熟练掌握。而没有用人的家庭的女儿平时在家也做家务,自然而然就会熟能生巧。

久堂家的女儿叶月似乎就是前者。

"不过,肯定也有例外嘛。我听说有一个高门显贵家的公主的爱好就是烹饪。"

"嗯……好厉害呀。"

"是吧。不过,女孩子最好还是会做些家务。我也经常后悔,当初要是练习得再认真一点就好了。"

"后悔?"

"想听我的故事吗？"

看到歪着脑袋一脸疑惑的美世，叶月略显淘气地笑了。

叶月肯定是指她那段失败的婚姻吧。离婚这么大的事，不管是之前还是之后，回想起来肯定都很难过。

为了满足自己的好奇心而打听这些或许不太好。不过，难得过来人就在跟前，美世还是想听一听。

"我可以听吗？"

"当然。我不介意呢。"

就这样，出乎所有人的意料，叶月谈起了那段经历。

"结婚那年，我十七岁。"

和大多数的大家闺秀一样，对于久堂叶月来说，结婚只是一种义务。当然，无论父母为她选择了谁做结婚对象，她都不能有半句怨言。

叶月从小就开朗健谈并且行动力极强，学习成绩优异，不管学什么技艺都很出色，容貌方面也无可挑剔。只有一点——不太会做家务，尤其是烹饪水平特别低，但她并不会为此而产生危机感。

大家做梦也想不到她会经历一段失败的婚姻。

"我也没有想到会是这样呢。在我们这些用人的心里，叶月小姐可是让我们引以为傲的千金小姐啊。"

百合江用手托着面颊，回忆着往事。

叶月见状笑道："哎呀，百合江，你可真是的。不过，你说的

是真的吗?"

"当然是真的了。"

百合江自信满满的样子看上去很有趣,美世不由得笑了起来。

"原来是这样呀。不过,那段婚姻是一场政治联姻,所以对方家里一开始还是非常欢迎我的。"

一直以来,美世都不怎么和外界来往,所以不明白这种婚姻为什么会走向失败。

叶月的前夫是一个比她大十多岁的军人。

这是一场让异能者家族和军队人员关系更加紧密的政治联姻。叶月虽然无法拒绝,但也不抗拒。

"我那个丈夫啊,虽然不是什么美男子,但是特别温柔体贴,人也老实。我当时真的觉得自己很幸运呢。因为以前也听人说过,有不少女孩子听从父母安排,结果嫁给了一个很差劲的人。"

"其实我还挺幸福的。"叶月这么小声嘟囔着,脸上露出一丝忧伤。

"您和他相处得好吗?"

听到美世无意识地这么一问,叶月应道:"不是都说过了嘛,我们特别好。其实,我还挺喜欢他的,他似乎也不讨厌我。我们从没争吵过。"

"这种关系可真好啊。"

"谢谢。"

婚后,叶月和丈夫以及婆家人在一起生活。起初还比较和谐,可后来慢慢地出现了裂痕。

"对于我的一些想法和我做不好家务这点,婆家人似乎渐渐开始介意了。他们总是为些琐碎的小事对我唠唠叨叨。"

"这……"

"他们总是说我不会做饭,说我太聒噪。我压根儿没想到会这样,所以曾一度特别沮丧,觉得受不了了。"

婆媳之间似乎总会有矛盾,叶月也未能幸免。

叶月的婆家恐怕对她寄予了厚望吧。但即使是叶月这样的女人,也是有缺点的。如果他们期待的是一个完美无瑕的儿媳妇,那缺点就会在无意中被放大。

结婚两年后,叶月生了一个儿子。婆家人因为继承人的诞生兴奋不已,在他们的热情还没退却前,她过得还算安稳,但这段时间过后,又和原来一样了。面对无所适从的育儿重担和来自公婆以及其他亲戚的严厉指责,叶月渐渐撑不下去了。

"我每晚都会莫名其妙地流泪。虽然丈夫也会安慰我,可这种情况还是没有好转。后来有一天,他对我说出了那些话。"

叶月轻描淡写地说着这一切,突然顿了一下,浅浅地笑了。

"你猜他说了什么?他说,'我要和你离婚'。不是'我们离婚吧',而是'我要和你离婚'。听到他这么说,我非常愤怒,凭什么由他单方面草率决定?我们恶语相向,最后大吵了一架,当时吵得太凶了,等我回过神来,才发现我们真的已经离婚了。那时,

我也觉得挺震惊。"

"咦……"

美世相当惊讶,如此朝气蓬勃的叶月竟会是一个孩子的母亲,而这突然间的离婚闹剧对她来说肯定是不小的打击。

不过,从叶月之前的言行举止来看,这段经历莫名其妙地有说服力。

"等我回到娘家冷静下来后,又感到很后悔。我竟然完全按照别人的意思,放弃了自己的丈夫和孩子。当时要是再努力一点就好了。做饭也是,如果勤加练习,也许就学会了。"

"……"

"所以啊,我特别佩服小美世呢,能够在婚前努力找到自己的缺点,然后试着改正。你真的很了不起。"

美世垂着头,不知怎么回应为好。

美世原本就觉得自己浑身都是缺点,根本比不上叶月这样的人,听了这番话后,更对自己失去信心了。

"小美世。"

"嗯?"

美世抬起头,看到了叶月那和善温暖的微笑。

"那个时候,我才醒悟,人要竭尽全力做自己想做的事,要遵从自己的内心。小美世肯定不管到什么时候都会拼命努力的,所以前者就不用再说了,你应该稍微试着思考一下后者。你今后想做什么?想以何种状态生活?"

叶月积极乐观的样子以及她说的每一字、每一句，都在闪闪发光。

"如果我真能变成这样，或许就会更早成为配得上清霞的女人。"美世这样想着。但现在的她在很多方面还达不到要求，这让她茫然自失。

因为，叶月的话让她觉察到一件事。

的确，弥补缺点至关重要，这是没错。可美世的关键不是缺点，而是缺陷。说起来，她连家人是什么都不知道。美世没有一个像样的家人。她不知道结婚以后，该如何与清霞的父母和亲人相处，生了孩子以后，又该如何与孩子相处。

与血亲都无法好好相处的她还能做什么？

叶月之前说过，要成为一家人了，所以美世可以多依赖她，可……她该怎么依赖？

美世不明白，家人到底该以何种方式存在。

当然，美世无法马上领悟到"理想的妻子""贤妻良母"这些词语的确切含义。因为在她的世界里，"家人"这一实体并不存在。这些只是外界的、想象中的、虚无缥缈的词汇。

明明没有在做噩梦，可她突然感到眼前一片漆黑。

"小美世？"

看到叶月一脸疑惑地盯着自己，美世勉强挤出一丝笑容。

"我……从来没考虑过这些。可有一件事，我已经想好了。"

"什么？"

"我想待在这里,想待在老爷身边。"

美世下定决心,绝对不能被心中消极的想法打败。她努力理清思绪,斩钉截铁地说道。

或许只有这一点是坚决不容动摇的。美世曾祈祷,只要能留在这里,她愿意做任何事情。即便现在她一无是处,可还是不想放弃。

"很好啊。能让你这么爱慕,那孩子还真是幸运呢。"

叶月露出属于成熟女性的温柔的微笑。

"那我们继续学习吧。不知不觉就聊过头了呢。"

"好。"

美世站起身来,准备开始上课。

夏天的夜晚凉爽而舒适。

美世泡了个澡,洗去了白天留下的汗渍,正准备回房休息,突然发现走廊上有个人影。那人身穿轻便的浴衣,垂着一头长发。原来是清霞。

他远远地望着天空中的某个地方,看起来无精打采的。

清霞以前也会值夜班,可最近晚上外出得越来越频繁,原本就不爱说话的他更少言寡语了。看着他唉声叹气、筋疲力尽的样子,美世总觉得不应该再和他说自己做噩梦的事情,于是就这样一拖再拖。

她必须要振作起来。向本就疲惫不堪的人吐苦水,美世绝对做不到。

美世下定决心后,回到厨房,麻利地准备了些吃的,然后轻轻地回到清霞身旁。

清霞还在凝望空中的那轮残月。

"老爷,我可以坐在您旁边吗?"

"嗯。"

得到了清霞的允许,美世感到莫名的安心,她把托盘放在一旁,坐了下来。

这时,清霞才回头看了看美世。

"这是什么?"

"呃……是茶和一些小咸菜。"

清霞明明看到了托盘还这么问,美世很是不解,满脸疑惑地应答着。

原本是想着为疲惫的清霞做些什么才准备了这些吃的,可现在看来是有些多余了。不过,好像也不是这样。

"拿过来吧。"

"噢,好的。"

借着皎洁的月光,美世把小茶壶里的热茶倒入两盏茶杯中,大麦的焦香立即向四周弥漫开来。

美世把平时喝的绿茶换成了大麦茶。

"是大麦茶吗?"

"是的。我特意准备了些夏天特有的饮品。这个用黄瓜和茄子做的小咸菜也很不错……那个,您试一试。"

今年好像是大丰收,收获了很多蔬菜。为了放得住,美世在学习的间歇和百合江一起把一部分蔬菜腌成了咸菜。咸菜马上要腌好了。美世原本计划明天早饭的时候少拿些出来尝尝的。

清霞把腌黄瓜放入口中,每嚼一下都会发出"嘎吱、嘎吱"的声音。

"好吃。"

"太好了。"

随后二人沉默了片刻,任凭时间缓缓流逝。

率先打破沉默的是清霞。他一脸迷茫,好像有什么难言之隐。

"美世,那个……"

"嗯。"

"抱歉,我总是这么忙,工作太多了。"

"没关系的……"

清霞身处对异特务小队队长这个关键位置,责任重大,肯定会忙一些。可自从美世来到这个家,清霞还没这么忙过,所以不知不觉间她也忘记了这一点。

说不害怕是骗人的。被噩梦折磨的日子痛苦异常,在黑暗中摸索前进也无比艰辛。一个人真是太寂寞了。

美世握紧冰冷的手指,感觉到头痛一阵阵袭来。

"您好好工作吧,我一个人也没问题的。"

"真的吗?"

"嗯!"

"你有什么烦心事吗?如果想找我商量的话就说吧。"

美世感觉要被清霞的目光射穿了。

她犹豫了,在这商量吗?还是算了。就在这一瞬间,她立马打消了念头。

如果说了,清霞一定会想方设法地帮她做点什么,可清霞已经够辛苦了,不应该再让他为她操心。美世觉得只要自己忍一忍就可以了,再坚持一下,等到清霞不忙的时候再说。

"我挺好的,什么事也没有。"

"是吗?"

清霞移开了视线,端起茶杯。

美世偷偷看了眼清霞,察觉到他的眼神中充满失望,心中不禁"咯噔"一下。

"那……那个,老爷。我今天听叶月小姐说了些她的事情。"

美世有些害怕,于是赶快转移话题。

清霞吐了口气,就着这个话题问道:"姐姐的事?难道是离婚那件事?"

"嗯。对了,那个,我有件事想问老爷。在您看来,叶月小姐是个怎样的人呢?"

这并不是缓和气氛的话,而是美世真的想知道。

二人是血脉相连的姐弟。对于美世来说,她始终没能和同父异母的妹妹香耶互相理解。清霞又怎么样呢?听了叶月的那番话后,美世一直都很关注这点。

"怎样的人?这么说来,我还没怎么和你提过她呢。"

清霞把快要喝空的茶杯放回托盘内。

美世用茶壶添满茶后,大麦的香气再度弥散开来。

"一直以来,我和姐姐的关系都不算太差。不过,如你所见,她有些聒噪。她从小就总给我添麻烦,还取笑我,我偶尔还会觉得她很烦。"

"大概能想象到。"

美世眼前浮现出年幼的清霞和叶月嬉戏玩耍的画面。那时的他们一定很可爱。

"也谈不上是喜欢或是讨厌吧。我们在同样的环境中长大,也明白对方的想法,所以彼此之间几乎没有任何顾忌,也无须担心。虽然性格不怎么合得来,可我觉得她是个不错的人……我这么说,消除了你的疑惑了吗?"

"嗯。"

清霞身边能有一个让自己发出如此感慨的人,这让美世羡慕不已。美世打心底这么觉得。

听到这番话,美世更觉孤寂。一股强烈的孤独感突然间涌上心头,无处安放。美世心想,自己会不会一生都无法体会到父母、兄弟、姐妹这些能够抚慰心灵的家人的温暖,只能同别人保持着普通的关系?

其实也不是,这个世界上也有很多人没有亲人。美世并不是例外。

美世也明白这个道理。幸好在这个家里,她体会到了有一处安身之所的温暖。

以前,美世在斋森家与继母、香耶关系僵化的时候,就想着如果能作为未婚妻,并且最终能作为妻子永远留在清霞身边就好了。

现在呢?美世的欲望无限膨胀,她不仅仅想要待在这里,甚至想得到清霞的心。倒不是因为有婚约在先,而是她想成为清霞真正的亲人。

"美世,再往这边靠靠。"

"好的。"

美世按照清霞的吩咐,拿走了他俩中间的托盘,往清霞那边靠了靠。

这时,清霞握住了美世从浴衣袖子里露出的手腕。

"老……老爷?"

"寂寞的时候,就告诉我你寂寞;痛苦的时候,也可以和我诉说你的痛苦。"

"真……"

"你不和我说,我怎么能知道呢?"

美世一时不知如何开口。

她也想向清霞坦白,但目前的状况不允许她这么做。

美世不愿给清霞增添多余的负担,也不想让他无端烦恼或是痛苦。她不想成为让人感到麻烦、讨厌的人。

"我……我一点也不寂寞……"

"是吗?可是我有点……"

"怎……"

美世十分诧异:怎么会?难道我听错了?老爷居然会感到寂寞?是因为见不到我吗?不可能吧。

虽然她在极力否定,但脑海中始终有个声音在说"你没有听错"。

美世一下子害羞起来,不敢直视未婚夫直接、认真的眼睛。

"你真的不寂寞吗?"

"我……"

"我?"

啊,根本不行啊。

面对清霞的步步紧逼,美世坚持不住了。

"我很寂寞……"

美世终于说出了自己的一小部分真心话,稍稍抬起自己飘忽不定的双眸。她脸颊热得发烫,已经不能用其他借口来搪塞了。

因为清霞那俊美的脸庞比想象中离得更近。

美世仿佛听到了自己的心跳。

清冽的月光映在清霞的笑脸上，不禁让人觉得这就是世间最美的微笑。这一幕太美了。

"你一开始就该这么说。"

"对不起。"

听到美世突然间的这句道歉，清霞笑了出来。

"你还是没能改掉动不动就道歉的毛病。不过，是从什么时候开始的啊？"

"哎？"

"你以前道歉的时候说的是'十分抱歉'，但现在变成了'对不起'。"

"啊……"

美世吃惊地用手捂着嘴。

她完全没有意识到，这是什么时候改变的啊。她应该从来没说过"对不起"之类的话吧。

"这……这可怎么办啊？"

"没事，挺好的呀。就这样保持住。"

"不会显得有点孩子气吗？我总觉得有些奇怪。"

"不拘言辞是因为你习惯了这个家吧。在家里这样说话完全没问题。"

清霞觉得美世要是能再放松一些就好了。

他轻轻揽住美世的肩，说道："美世，你可以再依赖我一些，

可以多和我说些心里话,可以任性一些,这些我全部都能接受。"

美世什么都没回答。

只有针扎似的头痛一阵阵袭来。

一天,叶月的教学告一段落,正要说休息的时候,玄关处传来一声"打扰了"。

"哎?是谁呢?"

"我去看看。"

"美世小姐,我去吧。"

"没关系,我去吧。"

美世拦住了准备从客厅出来的百合江,急匆匆地跑到玄关那里。

"让您久等了……"

一打开门,一股令人眩晕的热浪扑面而来,美世不禁皱起了眉头。她抬头一看,惊讶地瞪大了双眼。

站在门口的是一位容貌十分俊俏的年轻人。他长着一头微卷的褐色头发,穿着颜色清爽的衬衫和马甲,是个身型清瘦的美男子。

看到那人亲切的笑容,就已经知道他是谁了。

"您是……"

"哎？这一定就是久堂清霞少校家了吧？"

"是……是的。"

美世非常吃惊，她竟一时无法做出自然地回应。

怎么会有这么巧的事？美世居然能以这种方式，再次遇见那天在街上扶住她的恩人。

年轻人也一脸困惑，眉毛皱成"八"字形，微微歪着头问道："久堂少校在家吗？"

"不在，他今天已经去上班了……"

"哎？奇怪，他今天不当值啊，我还以为他在家。"

年轻人挠了挠后脑勺，"嗯——"地哼了一声。

"这么说来……"美世说道，"我听老爷说，他今天原本是休息的，但最近太忙了，所以临时决定去上班。"

"噢，是这样啊。非常抱歉，我没有事先确认一下。"

年轻人好像是为工作的事情而来。最近清霞一直在工作，都没有休息，所以才会导致时间对不上吧。

"这么说来，少校应该是在执勤所吧……嗯！"

天气太热了，年轻人突然无力地垂下了肩膀。美世见状于心不忍，开口说道："方便的话，请您进来歇一歇吧。"

年轻人来到客厅，在叶月和百合江好奇的目光下，一口气喝完了美世递过来的水。

"谢谢您的帮助。"

"没……没有。我才应该谢谢您……那时候对我的帮助。"

作为谢礼,一杯水太不值一提了。

听到美世这么说,年轻人这才反应过来,赶紧端正了坐姿。

"鄙人鹤木新,请多关照。"

"我是斋森美世。"

美世战战兢兢地握了一下新向她伸出的手,他的手掌很温暖。但美世似乎听到他小声地说了一句"好瘦"。也许是她的错觉。

"您就是美世小姐吗?传说中久堂少校的未婚妻。"

"传说中?"

"对啊,久堂少校订婚的事在社交界轰动一时呢,所以我才知道有您这样一位女性。"

"这样啊。"美世稍稍低下了头。

在自己不知道的地方,自己的事情竟被传开了,美世总觉得有些奇怪,还有点难为情。

"不过……"

"嗯?"

"我对久堂少校有些失望。"新突然小声地这么嘟囔着。美世不敢相信自己的耳朵,忍不住猛地抬起了头。

"为……为什么啊?"

"就是,你这么说太没礼貌了。"

叶月皱起眉头,插了一嘴。

但新完全不为所动,眯着眼睛像是在犀利地评价着什么。

"美世小姐,你知道你现在的脸色是什么样的吗?"

"这……"

没错,他见过美世快要摔倒时的样子。那次之后,美世的身体就越来越虚弱。脸色应该也如他所说,没好到哪儿去吧。

如此一来,新会对与美世一起生活的清霞产生不信任,也是难免的。

"不是老爷不好,是我太不中用了。"

"小美世……"

叶月有些担心。

听到美世的话,新有些惊愕,鼻子里发出"哼"的一声。

"也许是我多管闲事,可我觉得我说的并没有错。"

新瞟了一眼堆在房间角落里的教科书和笔记本,继续说道:"让您努力到这个程度,有点不合适吧。"

"……"

"这些毫无意义。美世小姐,您有自己擅长的事情,没有必要急着去做那些做不到的事。"

他说话的语气好像什么都知道似的。

美世仿佛听到"咔嚓"一声,似乎有什么东西断了。

"请您不要再说了!"

"什么?"

"这都是我自己想做的事情,老爷和叶月小姐只不过都是在配合我。请不要恶意揣测。"

也对,这些都只是美世的任性行为,大家仅仅是陪她做她想做的事。至于她身体不好还是其他什么的,都是她自己的责任。身体虚弱的美世被新说成是被迫上课学习,这实在令她无法容忍。

美世大声说出那句话后,一阵头痛袭来。

不过还好,新没有再争论下去,而是深深叹了口气,说道:"对不起,是我把气氛弄得这么僵。承蒙关照,我才能在此休息,实在抱歉……我该走了。"

说罢,新便起身走向玄关。

"真是的,这算怎么回事?那个男人也太口无遮拦了……哎,小美世?"

叶月刚抱怨了一半,美世突然站起身来说道:"我去送送他。"

"哎?不用了吧。那种人,不送也罢。"

"还是得送一下。"

美世摇摇晃晃地迈着虚弱的步伐去追赶新,追到玄关处时,他刚穿好鞋。

"美世小姐?"

"十分抱歉。刚才没忍住和您发了那么大的脾气。"

"没有,是我失态了,还请您不要介意。"

新转身面向美世,突然凑近美世耳边说道:"不过,我可以赋予您专属的任务。感兴趣的话,随时联系我。"

美世愣在原地,还没反应过来,眨眼间新便消失了。

专属于我的任务……

美世脑海里回荡着这句不可思议的话,以至于她还没有觉察到有人在自己的袖口里偷偷放了一个"礼物"。

这之后,叶月和百合江似乎话变少了,美世也无法专心学习,所以早早结束了今天的课程。

美世礼貌地拒绝了百合江要帮忙做晚饭的好意,让她回家后,美世一个人站在厨房里。

任务……只属于我的?还是不太明白。

现在,美世的脑海中只有难忍的疼痛和新说的那话。

新说了,美世有擅长的事情。

美世原以为,新一定是觉得她不用勉强去学习那些名媛特有的行为举止,只要努力把自己能做的家务做好就行了,可细细一想,他连这些事情都知道,实在奇怪得很。

说起来,新突然造访,还对仅见过两次的美世提出那样的建议和邀请,这一切都显得很不自然。他好像认为自己比清霞更适合美世。

"……世。"

难道他们之前见过?不,应该不会。美世的人际关系相当简单,如果见过,肯定会有印象。

"……美世。"

不过,无论新说什么,美世都不可能放弃学习。大家都会的事情,美世可不能一直不会。

美世不想给她生命中重要的人们添负担,她想让别人对她说"有你真好"。她不希望这些愿望都是错的。

"美世。"

"啊!"

听到身后有人叫自己,美世吓得差点飞起来。

她回过头,看到未婚夫正一脸严肃地倚在厨房门口。

第三章　前往薄刃家

将时间稍稍倒流到之前。

清霞和新约好商量事情,新却姗姗来迟。清霞瞪了他一眼,说道:"你迟到了。"

"哎呀,不好意思。"

新笑嘻嘻地坐到会客室的沙发上,看不出有一丝抱歉的意思。

"居然迟到,胆子不小啊。"

其实,这次会面也不是那么重要,迟到几分钟也不至于被指责,但清霞最近心情不好。

"我可没想着找借口啊。这大热天儿的,我都要晒晕了。"

"那把你的理由说来听听。"

"我记错了,原本听说久堂少校您今天休息,所以去了您府上。"

清霞惊讶得瞪大了双眼。

的确,按照之前的排班,今天他休息。但目前还没有搞清逃

出奥津城的幽灵的动向,他没有闲情逸致在家休假,所以就放弃休息来上班了。

清霞还以为手下的人肯定把这事告诉新了。

"原来如此,可能是他们忘记和你说了。"

看样子,这阵子军队里不只是基层的清霞等人,就连大海渡和宫内省也忙得天翻地覆。

清霞吐了一口气。

他很久没有在家好好待过了。每天都是傍晚回家,稍事休息后,赶在天黑之前返回执勤所,再回家就到了第二天傍晚了。

看到了可疑的人影、遇到了幽灵……这些与奥津城相关的信息,还有目击者的情报、牢骚、抱怨等,都被大量地、轮番送到清霞他们这里。这些信息可谓是玉石混淆,要从中选出玉——有用的信息,必要的话还得调查核实,最后再逐一上报。这些工作可把他们累得够呛。

即便如此,清霞还是先让下属们回家或休假,所以他本人的负担就越来越重了。最近他心情不好大概也是这个原因造成的。

居然因为忙就向人发脾气,实在不值得同情。新不服气地想着。

"嗯,估计是吧。啊,对了,我见到少校您的未婚妻美世小姐了。"

新说话的语气十分随意,这让清霞很震惊。

新的眼神中带着一丝恶意,嘴角上扬,表情很奇怪。

"她很郑重地招待了我,您的未婚妻真不愧是一名完美的女性。"

"你在讽刺我吗?"

"没有,我只是在说事实……不过,话说回来,我知道这么说有些多管闲事,但你居然那样对待这么好的女人,我真是佩服你。"

"啊?"

清霞眉头紧蹙,他不明白新这话是什么意思。

"之前,不过也是最近的事情,我见过美世小姐。"

"然后呢?"

"那个时候,她脸色很差,似乎马上就会晕倒。"

"……"

"事实上,她确实是差点摔倒,当时我在路边扶住了她。那个时候的她看起来就很虚弱了,今天的状态更差。"

清霞还是头一次听说美世和新见过面,而且仅有一面之缘的男人居然这样评价自己的未婚妻,这让清霞很不高兴。但是被新指出后,清霞才发现自己竟然记不起昨晚美世的脸色如何。

那个一起赏月的夜晚又是什么样呢?不,在那之前呢?

美世因为噩梦的折磨虚弱不堪,身体越来越不好,好像马上就要香消玉殒了。清霞为了尽快解决这个问题,想方设法地打探薄刃家的消息,可至今一筹莫展,再加上最近工作太忙,都没怎么回家……

　　清霞心中焦躁不安，不禁渗出一股冷汗。

　　"你们既然订了婚，不管工作再怎么忙，你也应该关心一下她吧？至少也该问问……如果是我的话，绝对不会那样对待未婚妻。"

　　要是在平时，清霞肯定会怒喝道"真是多管闲事"，毕竟这可不是外人该插嘴的事情。

　　可到最后，他也没能说出那句话。

　　二人结束会面后，清霞用几乎不怎么运转的大脑工作了一会儿，又收到了从情报站那里传来的最新的关键情报，然后准备回家。

　　清霞心里一直想着白天新说的那些话，后来情报站发来的消息也印证了这一切。

　　他的心一直悬在那件事上。

　　平时美世都会在玄关处迎接回到家的清霞，可今天却不见她的踪影，不过清霞一走进屋就看到了。

　　"美世。"

　　清霞唤了一声正在厨房忙活的未婚妻，可心不在焉的美世并没有察觉到。

　　"美世。"

"……"

"美世。"

清霞总共喊了三声,美世才停下手里的活转过身来,一脸惊恐。

"老……老爷?"

从美世的表情来看,她似乎并没有察觉到清霞已经回家了。她做家务这么专心致志吗?那倒未必。

"我回来了。"

"欢、欢迎回家。对不起,也没去迎接您……"

"没关系。"

清霞盯着迈着小碎步跑过来的美世。

她穿着一件印有散落的枫叶图案的淡蓝色和服,看起来非常淑女。现在的美世,任何人见到了都会给予她娴静可爱的评价吧。这应该不是未婚夫的偏爱。

清霞不怎么在家的这段日子里,美世跟着叶月努力学习,现在就连站姿都明显不一样了。

尽管如此。

"美世……为什么?"

清霞没能顺利把这句话说完。

他突然想起了几个月前的事情。

美世刚到这个家的时候,身体状况确实很糟。她身形瘦削,看上去很不健康,完全是皮包骨头。头发和皮肤也没什么光泽,

气色总是很差。

按理说,这些情况应该有所改善。在这里,她过着普通人的生活,也不像以前那样看起来可怜巴巴的。

可现在,她又成了原来那样。

她脸色苍白,眼睛下面出现了淡淡的黑眼圈。这应该不是清霞的心理作用,他感觉到她脸颊和手腕上好不容易长的肉也消失了。比起赏月那晚,这几天的她更显虚弱。

到头来,果真和那个男人说的一样吗?

清霞脑海中萌生了某种想法。

"那个……"

"想必姐姐对你的指导很严格吧。"清霞的话中带着刺。

美世连忙摇着头应道:"没有。那什么……叶月小姐一直都很照顾我。"

"既然这样,那究竟是为什么?"清霞感到非常焦虑不安,他紧紧追问着美世,像是要把人吞掉似的。

他也不知道自己为什么这么着急。等他回过神来,才发现自己正紧紧抓着美世的手腕。

"老爷,我……"

"为什么你会瘦成这样?为什么你都没有发现我回来了?"

"这是因为,那个……"

美世惊慌失措,目光游移不定,不知如何是好。她这个样子更让清霞感到不满。

"我从没听你说起过你和鹤木新见面的事。"

"那、那个……老爷。"

"不光是这件事。你每晚都被噩梦折磨,你以为我不知道吗?"

此时此刻,美世瞪大了双眼,僵在原地。

"坏了,我不该这样和她说话。"清霞暗叫不好,各种复杂的思绪混杂在一起。

他绝不是要责备美世,不管是新的事情,还是噩梦的事情。他只想好好珍惜美世,没想伤害她。他本想采取不一样的交流方式,可一点一点积累起来的情绪让他一开口就停不下来了。

"我应该和你说过吧?什么事都要告诉我、多依赖我、多和我撒娇,可你却一直都不肯向我敞开心扉。"

"……"

"是我不值得你信任吗?所以你才什么都不和我说?"

"不是的……"

美世的声音颤抖得很厉害,她抬起头看着清霞,眼中噙满了泪水。

"因为我不想给老爷添麻烦。您本来就很忙,看起来特别累,我不想再让您为我的事烦恼。"

"我根本不累,你可不要自以为是。"

"对……"

说不累根本就是在撒谎。事实上,连五道都看出了他的疲

急,还让他今晚不要回执勤所了。

更何况,他根本没觉察到美世身体不适,还责怪了她。只能认为他是因为太累了导致判断力下降,情绪才会如此失控。可他不肯就此罢休,反而顺势继续说道:"早知道是这个结果,当初就不让你学习了!"

"……"

美世呆呆地站在原地,泪水夺眶而出。清霞这才意识到自己说的话太过分了。这些事情都是美世亲口说想要做的。她看着叶月借给她的课本时,眼睛闪闪发光。和叶月在一起时,她看起来总是很开心。但现在,清霞把这些全部否定了。

"老爷,您太过分了。"

泪水簌簌地滑过美世的脸,打湿了地板。

清霞后悔不已。连他也搞不明白自己为什么会这么激动,一时间竟说不出话来。

"我……只是……"

美世的声音很不自然地中断了,清霞这时猛然回过神来。

美世的身体不由自主地倾斜,倒在了清霞及时伸出的胳膊上。没有夸张,这身体简直轻如羽毛,清霞不禁感到后背发凉。

"啊,都是我的错……"清霞小声说道。

他伤害了美世。虽然这并不是他的本意,但因为情绪上头所以顺口说了这种借口,真是毫无意义。他对虚弱至此、比别人受过更多伤害的她做了最不该做的事。

这和斋森家的那些人又有什么区别?

清霞抱起了晕倒的美世。

他满心自责,准备把美世送回房间。突然间,他瞥到一张陌生的纸条掉了出来。

"这是……"

纸条上的内容完全证实了清霞的推测。

清霞知道该怎么做了。做出决定时,他没有一丝犹豫。为了补偿美世,为了拯救美世,这是唯一的办法。

美世睁开微肿的眼皮,映入眼帘的是自己房间的天花板。

已经到早晨了吗?美世的头脑还有些发蒙。屋内已经微微变亮,可以听到外面的鸟鸣。可美世完全不记得昨晚自己是怎么盖上被子睡着的。

到底是怎么回事呢?美世努力回想,可大脑里一片空白。

"想起来了。我竟然对老爷说了那样的话……"

美世意识到自己好像对清霞说了"你太过分了"之类的狠话,随即晕了过去,之后应该是被清霞抱回房了。

美世不由得又想起了新说的那番话。平时,她绝对不会听不到清霞回家时的汽车引擎声,可这次因为一直在想事情,而且身体不适,才会精神恍惚到前所未有的程度。

美世还是头一次见清霞这么急躁。

她一开始以为清霞是因为自己没有去迎接他才动怒，现在看来并非如此。他一脸落寞，五官扭曲在一起，马上就要哭出来似的。

"原来老爷一直在等我开口啊。"美世觉得自己真是个傻瓜。

清霞是知道美世被噩梦纠缠的，他只是在等美世来向他求助。她明明已经走投无路了，却什么都不说，只是自己默默承担着一切。她看起来似乎不相信任何人，包括清霞。

这种事情只要稍微动动脑子就能想明白，可美世完全没在意，她只关注自己的事情。

那晚肯定是坦白的最后良机，不曾想就这样错过了。

清霞很温柔，也正因为他温柔，美世愚蠢的行为才令他如此伤脑筋。美世不知道该怎么办。道歉的话，清霞会原谅她吗？事已至此，尽管美世被如此"厌弃"，也说不出半句怨言。

美世糟糕的想象居然成了现实。

清霞好像连道歉的机会都不想给她似的，从早上开始就没搭理过她。美世已经深刻认识到了自己的问题，可清霞的态度似乎又回到了最初的状态，这让她万分心痛。她也在生自己的气，因为她下意识地认为温柔的清霞会原谅她。

放在平时，碰到这种情况，百合江总会来缓和气氛，可不巧的是今天她休息。他们二人度过了漫长而沉闷的早餐时间后，美世开始收拾碗筷。这时，她听到清霞对她说了句"收拾一下，准备出门"。

清霞终于和她说话了,美世心里总算安稳些了。可比起这份心安,一股更加强烈的不安涌上心头。

新的话又萦绕在美世的耳边,可现在不是该思考那些话的时候。清霞和美世的关系可能出现了裂痕。不是因为别的什么,而是美世亲手毁掉了这一切。

美世想陪在清霞身边,所以才不断努力。但是,如果她的愚蠢行为让清霞感到痛苦了呢?如果清霞亲口表示不再需要她了呢?这些都是努力解决不了的问题。总之,美世先听清霞的,换好衣服、整理妆容,做好了出门的准备。

清霞在路上一言不发。车上气氛压抑,美世也不敢主动说话。就这样,清霞带着美世来到了帝都的一角。

这里坐落着一个二层的砖造建筑,旁边还有个大型仓库。对开式的玻璃大门被擦得锃亮,上方是"鹤木贸易"四个大字。

清霞瞥了一眼默不作声的美世,冷淡地催着她"进去吧"。

一踏进大楼里,映入眼帘的是美观大方的大厅。

清霞径直走向前台的年轻男性员工。

"请问您有什么事吗?"

"突然造访,十分抱歉。我想找一下在这里上班的鹤木新。"

听他说出鹤木新这个名字时,美世不由得屏住呼吸:难道他在这里工作?那我该以什么表情面对他呢?

"不好意思,请问您是?"

"就说对异特务小队的久堂来找他。我事先没和他约好。"

"请您稍候,我确认一下。"

说罢,这名男性员工走进里屋,不一会儿就慌慌张张地跑了出来。

"鹤木马上见您。请这边走。"

他们被带到了二楼。这里与一楼那种员工们忙碌工作的氛围截然不同,极其安静。

目的地在二楼的深处——那个挂着"谈判负责人"牌子的房间。

"就是这里,请进。"

清霞朝向他行礼的男性员工点了点头,便伸出手去敲门,屋内当即传来"请进"的回应声。

进门一看,一个清爽俊朗的青年正悠闲地坐在椅子上。

"欢迎来访,久堂少校。昨天十分感谢您。"

"噢。"

清霞虽然深知凡事总怪别人也不太好,但还是以充满怨气的眼神看着新。

新把视线从清霞身上转移到美世身上,微笑着说道:"美世小姐也是,昨天咱们才见过面呢。"

"是……"

美世很想追问清霞和新,想知道他们到底要干什么。

"我有很多话要对你说,咱们换个地方吧,我不想在公司谈论私事。"

"我也是,有好多事要问你。"

清霞这么说着,眼神犀利地看着新。美世不明所以,内心复杂,只能紧紧咬着自己的后槽牙。

他们三人离开公司,来到步行几分钟就能到达的一处府邸。

这是一幢现代风格的别墅,四周是涂满白色油漆的漂亮的木制墙体,门牌上写着"鹤木"。听新说,这好像是他的老房子。

"这里有个人很想见你哟,美世小姐。啊,你别担心,那个人是不会伤害你的,请放心吧。"

从外观上看,这个房子很现代,可进来才发现,大多数房间都是熟悉的榻榻米,真是把日式和西式完美地融合到了一起。屋内好像没人,只有些许喧闹声从外面传来。

美世和清霞一直没有说话,他们就这样跟在新的后面。新把他们安顿在一间十张榻榻米大的房间后,便出去了,没过一会儿又回来了。

他身后站着一位背挺得笔直的陌生老头。

"啊,和澄美真像啊……"

"澄美?"

听到这个老头如此留恋地念叨着自己母亲的名字,美世更

加混乱了。身旁的未婚夫一直闭着眼睛默不作声,看不出他在想什么。

"现在演员都已就位!终于等到这个时候了!"新笑着说道。可在他那原本并不会让人产生戒备之心的笑容里,现在却只能看到肤浅的虚伪,让人觉得十分不安。

"久堂少校,想必你已经知道我们是什么人了吧?"

"我费劲地打听了半天,没想到最后是以这种方式找到答案。"

"肯定不能让你随随便便就找到啊。我们又不能公开身份。就连现在这样和你见面,也是违反规定的。"

清霞和新的这番对话实在是令美世摸不着头脑。

或者说,接下来要说的可能和昨天的事相关。美世把疑问暂且放在心里,缄口不语。如果是工作的事情,为什么清霞不独自前来,而是要带着自己呢?当美世开始思考这个问题的时候,真相便缓缓地呈现在眼前了。

"好了,我重新介绍一下,欢迎你们来到薄刃家。"

"薄……刃?"

这不就是母亲的……美世脑海里一片空白。

应该没错,这里就是美世的母亲——斋森澄美——出生长大的家。

新眯着眼看着一时语塞的美世。

此时此刻,空气安静得令人窒息,一直无动于衷的老头率先开口说话了。

"没错,这里就是薄刃家。我是薄刃家的上一代当主薄刃义浪,也就是你的外祖父,美世。"

"我的真名是薄刃新。美世小姐,我是你的表哥。'鹤木'是我们对外使用的姓氏。"

"这……"

外祖父、表哥?

美世不由得捂住了嘴,垂下头思索着。

她几乎没怎么见过自己的亲人。

在美世开始懂事的时候,斋森家的祖父母就已经去世了。叔叔、婶婶和堂兄弟们因为没有异能,似乎都在很远的地方小心翼翼地生活着,美世和他们根本没有见面的机会。继母的父母和兄弟倒是经常过来,虽然美世那时和耶香也比较亲近,可对于她来说,他们只不过是没有血缘关系的外人。

至于薄刃家,美世倒是听人说过有这样一个家族,除此之外,一无所知。

"久堂少校,你到这来是为了消除美世的噩梦的吧?"

"嗯。一直以来,大家都说美世没有异能,可我觉得不是这样。也正因如此,你才会接近我们吧?你特意承担了奥津城事件的谈判任务,故意出现在美世面前并且推波助澜,促使事情发展到现在这个地步。"

清霞从口袋里取出那张纸片拿给新看。

上面写着的恐怕就是"鹤木贸易"的地址和鹤木新的名字吧。纸片背面是"薄刃"两个字。

"这个东西掉在我家里了。这是你昨天来我家的时候,偷偷塞给美世的吧。之前我委托情报站彻查名叫'薄刃'的女学生时,就发现了'鹤木澄美'这个名字。后来,我又仔细查了一下鹤木家的资料,发现了一笔约二十年前斋森家向鹤木家转账的记录。不过,这个记录应该是你们为了把我诳来这里,故意让我掌握的吧?"

"你的意思是?"

看到新装傻充愣的样子,清霞没有理会,继续说道:"从目前的调查结果来看,几乎在鹤木家衰败的同一时期,鹤木家的女儿'澄美'病逝了。由于当时家族深陷危机,没有能力给女儿医治,只能任由病魔夺走她的生命。如果真是这样的话,在医疗机构里查不到当时的记录也不足为奇,这一切似乎都说得过去,所以我的调查一时间进入了死胡同。可是,就在昨天,情报站突然说掌握了最新情报,把一份资金援助记录交给了我。我想来想去,总觉得这一切太凑巧了。鹤木贸易的经营危机、'鹤木澄美'的病逝、斋森家对鹤木家的援助、'薄刃澄美'嫁到斋森家,这一连串的事情接二连三地发生。掌握了这些信息,就不难推测了。而这张纸片,成了制胜的关键一环。"

"哈哈,真不愧是久堂少校。看到你这么努力地找到了答案,我很高兴。毕竟我们也没办法一直这么悠闲地等下去。我不敢确定你到底看没看到那张纸条,还想着过几天再去队里叨扰几次呢。"

新轻轻叹了口气说道:"啊,您可真是帮了我们大忙了。"

看到他这样,清霞忍不住瞪了他一眼,现场的空气立马凝固了。

"您不要这么凶嘛……其实和您说的一样,美世小姐是有异能的,而且这种异能格外棘手、强大且珍贵。"

一下子接收到这么大量的信息,美世有点喘不上气来。

美世暗惊:我居然有异能?应该是弄错了,这不可能。

因为她没有见鬼之才,异能是不会被唤醒的。正是因为这个原因,美世在斋森家的时候才会被人看不起。毕竟在周围人,甚至本人都觉察不到的状态下,异能是不可能被唤醒的。

但是,如果她真的有异能的话……如果真是这样,那她到目前为止的人生……就在美世茫然若失的时候,新向义浪使了个眼色。

义浪把胳膊架在胸前接着说道:"我们的目的只有一个。"

义浪皱纹满布的脸略显严肃。

"久堂清霞,你把美世交给我们吧。"

美世缓缓地瞪大眼睛,不敢相信自己的耳朵。

所谓晴天霹雳,也不过如此了吧。

义浪的话如同万里晴空中突然劈下的雷一样令人惊恐,而且还是连劈好几下。就这样,虽然不愿发生,但确与美世相关的事情被接二连三地曝出、推动、下结论,美世本人的震惊反而渐

渐被大家忽视了。

美世拼命抑制着想要放声大叫的冲动。

"我听到这句话特别生气,为什么你们这么随意就决定了我的事情!"她在心里怒吼着。

啊,或许叶月听到前夫擅自决定离婚时,也是这种心情吧。

美世的大脑一片空白,完全搞不明白现在的状况。

从昨天到现在,她的心绪一直被这些话扰乱着。

不仅如此,她没有任何预兆地被带到这里,还被告知这里是母亲的娘家,没有任何证据就被认定拥有异能。到了最后,他们居然还把她当作物品一样交换。美世甚至都不知道自己究竟该愤怒,还是该悲伤,只能哑口无言地愣在原地。而且,她的未婚夫好像早就知道这一切。

"我就知道你们会这么说。美世的异能一定会对人的精神产生作用吧,这是薄刃家的异能的特点,但我不会随随便便就同意你们带走她。"

"确实,你不是那种会轻易答应别人要求的人,用权力或金钱诱惑你也没什么意义。"

"那你们打算怎么办?"

"对我们来说,美世的异能十分特殊,所以我们是绝对不会让步的。"

义浪的语气不容分说,斩钉截铁。他固守着薄刃家的立场,想用绝对不容动摇的态度,让对方败下阵来。

"美世拥有的是'见梦之力'。这种力量在人的睡梦中是万能的,也是薄刃家的众多异能中最为强大的。"

虽然不知道见梦之力是什么,但"梦"这个词与困扰美世的噩梦紧密相连。

"在薄刃家漫长的家族史中,见梦之力仅存在于女性身上。拥有这种异能的人可以进入包含自己在内的所有人的梦境,并进行操控。只要对方不是完全不睡觉的人,不管他多么强大,拥有见梦之力的人都可以控制他的思想,甚至是洗脑。不仅如此,根据能力强弱,拥有见梦之力的人还可以在梦中看到过去、现在和未来的一切,也就是说,甚至可以超越天皇的天启……如果这都不是最厉害的异能,那还能是什么?"

美世觉得义浪只是在讲述某个遥远的地方的事情,像梦话一样,一点都不真实。

万能之力、最强之力。

美世怎么都想不到,自己的体内居然隐藏着如此强大的力量。

不管事实是什么,美世总觉得那是别人的事。可清霞却不这么认为。

"这么强大的异能真的存在吗?"

清霞呆呆地嘟囔着,也不知道是不是错觉,他的脸色看起来有些苍白。

"当然有啊。正因如此,我们才无法堂堂正正地生活在光天化日之下。正大光明地施展异能只会对别人构成威胁,过于强大的力量会引发混乱和纷争。"

"所以你们想让美世留在自己身边?"

"看着未婚妻不能控制自己的异能、被噩梦纠缠,而你却什么都做不了。请你想想,美世待在这样的你的身边,会幸福吗?很明显,如果她待在了解状况又懂得驾驭这种异能的薄刃家,会更好。而且……"

"……"

"我们薄刃家是不可能把拥有这种异能的血脉交给其他家系的。"

清霞会如何决定呢?

如果是前几天,美世一定会说自己不想去薄刃家。因为她丝毫没有想要离开清霞的意思,而且清霞也赞成她的想法。可现在……如果清霞拒绝,那她只能坦然接受。她的愚蠢行为打乱了清霞的计划。如果他决定把自己送回薄刃家,除了服从安排,美世想不出其他表达诚意的方法。

"我还有一事不明。"

"什么?"

清霞深思片刻,好像在思考该怎么开口。

"为什么到现在为止,美世的异能都没有被唤醒?"

"恐怕也不是没有被唤醒,应该是在她刚出生后就被澄美封印了。我大概也能理解澄美非要这么做的原因。"义浪继续解释,

"翻阅历代拥有见梦之力的异能者的相关记录可以发现,每隔数十年,就会有一个这样的人诞生。她们绝不会在连续的世代出生,而且她们的母亲肯定也拥有异能。是心灵感应吧!心灵感应是指能将人们的心连接在一起的异能。这种异能可以不通过语言和行为,将大脑和心里的想法传递给别人。虽然具体缘由尚不清楚,能力强弱也有个体差异,但拥有见梦之力的异能者的人一定拥有这种异能。澄美也是如此。很长时间没有诞生拥有见梦之力的异能者了,甚至连异能者的新生儿数都在逐年减少,拥有心灵感应的女孩也很少。在这种时候,符合条件的澄美出生了,我们全族都很兴奋。澄美的心灵感应能力并不是很强,可大家都盼望着她能生下一个拥有见梦之力的人。即使没有人当面和她明说,她应该也是一直处于极大的压力之下。"

义浪原本想让她和同族的一个拥有异能的远亲结婚,这样可以提高生下拥有见梦之力的孩子的概率。

"但事情进行得并不顺利。'鹤木贸易'的经营出现滑坡,我们过上了吃了上顿没下顿的生活,根本没有实力为澄美谈婚论嫁。正当我们一家人准备要流落街头之时,不知从哪里打听到,斋森家的上一代当主愿以资金援助为交换条件缔结婚约。说实话,斋森家当时已经有走下坡路的迹象了,我也不知道他们的援助资金来自哪里,我实在不想把宝贝女儿嫁到那种人家……可斋森执意要娶澄美。"

被生活捆住手脚的一家人以及非澄美不娶的斋森家,让澄

美动摇了。最终,为了拯救家族,澄美不顾义浪的反对,嫁到了斋森家。可能是想起了当时的情景,义浪严肃的脸庞因悲伤而抽搐着。

"那么想让澄美嫁过去,想必斋森家的上一代当主也了解见梦之力的事情。如果真的生下了拥有见梦之力的女儿,孩子就会被完全利用,无法拥有与常人一样的幸福人生。从小就被过度期待的澄美太能体会到这点了。所以,澄美封印了美世的异能。"

听了外祖父的这番话,美世不知该说什么。

美世一直是孤单一人,所以她大概能够理解母亲的想法。来到清霞身边不久后,她就做了与母亲相关的梦,梦境里的情节与母亲的想法基本一致。但是母亲的这种做法也带来了不好的影响。她死后,美世的存在价值大不如前,过上了艰辛无比的生活。正是由于这段经历,美世才很难释怀。

如果美世真的有异能,而且也没有被母亲封印的话,她应该会受到家人的疼爱,也不会觉得自己比香耶低一等,与继母和父亲的关系也会更加和睦吧……会和大家像一家人那样相处吧。

事到如今,也没有什么办法能够弥补。可美世仍忍不住幻想那可能存在的幸福人生。那样的话,自己就不会像现在这么愚蠢了,说不定还有可能成为和叶月一样优秀的女人。

黑暗又丑恶的情感渐渐地在美世心里弥漫开来,不断落下、堆积,最终喷涌而出。

"封印的关键或许就在斋森家。随着封印者的故去,封印的力量有所减弱,再加上美世已经离开斋森家,封印会渐渐弱化,直至完全消失。"

"原来如此。总之,你们知道美世可能有见梦之力,但一直以来都被已故的斋森澄美的封印所迷惑,所以才没有从斋森家救出美世吗?"

听到清霞毫不留情地指出薄刃家的错误,义浪心生悔意,应了句"是的"。

"我们调查了很多次,结论都是斋森美世没有异能。所以我们是比较放心的,毕竟见梦之力没有被别人家掌控。既然我们必须隐姓埋名,也就没有必要以薄刃家的身份与外界接触了,因此就放手把美世留在了斋森家。"

"然后到了现在,你们又要不顾美世本人的意愿,把她带走吗?这不是在开玩笑吗?"

"可久堂少校,你又能做什么呢?"新收起笑容,平静地说道。

他的眼睛里藏着强烈的光芒,平日里人畜无害的假面早已剥落。

"你是说你能保护美世小姐吗?在与斋森家的动乱中,你眼睁睁看着她被夺走、受伤。而现在,你也无法控制因异能失控而产生的噩梦,让她白白受罪。你还能说自己可以保护她吗?"

"……"

"美世小姐,你是怎么想的?"

突然被这么问,美世一时不知该如何回答。

她依然想待在清霞身边,可如果清霞不愿意的话,她也不得不离开。她笃定清霞不打算把自己送回薄刃家,可他将如何看待自己又另当别论了。

"我听老爷的。"

"你自己是怎么想的?"

美世认为如果这时说了想待在老爷身边之类的话,清霞就没有办法抛弃她了,可多余的想法会给清霞带来麻烦吧。既然这样……

"我……怎么样都行。"

美世直直地看着新,抑制着内心的想法,这么回答着。她完全没有发现一旁的清霞瞪着双眼,屏住了呼吸。

"久堂少校,我们再讨论下去也只是两条平行线。不如我们公平点,一决胜负,赢了的人就带走美世,怎么样?"

新露出他那标志性的温柔的笑容,提出建议。

"可以。"

清霞居然就这样轻易地答应了新如此无理的提议,美世简直无法相信。

为什么没有给她说"为什么"的权利……

美世把双手放在膝盖上,紧紧地握着拳头,手掌里几乎渗出了血。

"谢谢。那我们就像男人一样一决高下如何?"

新轻快爽朗的声音从美世耳边飘过。义浪似乎决定要静观其变,在一旁不出声。

清霞起身就往外走,背影越走越远。

已经走出那么远了啊……

"老爷。"

也不知道是想让他回头,还是想制止他,美世心里乱糟糟的,叫了清霞一声。可他既没有回头,也没有停下来。被清霞这样无视,美世心里涌现的并不是绝望,而是反思。

愚蠢、迟钝却不知如何是好的我——美世觉得自己可能已经没有任何价值了。

美世走到院子里,发现这里比久堂家的院子宽敞得多,脚下铺的全是碎石子,树很少,好像就是为了打斗而修建的单调无趣的庭院。

义浪站在美世旁边,架着胳膊看着他们。

"可以使用兵器和异能,但不能大范围施展破坏房子之类的厉害的异能。"

"明白了。"

美世大概听清了二人的对话。

清霞今天没有携带他平日里佩戴的那把军用佩刀,不过,他从身上取出了一把藏着的短刀,让新大吃一惊。

"哇,你经常随身带着这么危险的东西吗?"

"护身用。"

"那我就放心了。看来没有必要对你手下留情了。"

新手里拿着的是一把左轮手枪。

连美世这个外行人都看得出来谁的形势更不利。

清霞拔刀作势,而新只是拿着枪,什么准备都不做,依旧笑容满面。

"虽说不上是准备充分,但能和对异特务小队的队长交手,我感到十分荣幸。您随时都可以动手,久堂少校。"

"我知道。"

爽快接受挑战的清霞用力蹬了下地面,利刃一闪,没想到被新轻轻松松地躲开了。

接下来的每一次激烈过招,都让美世一头雾水。

看起来是不断进攻的清霞处于上风,可新无一例外全都躲过了。不知道为什么,清霞的攻击似乎完全没有触及新。

突然间,新分身成两个人。

分身后的两个新各自准备进攻。在接下来的瞬间,听到"砰"的一声巨大的声响,只见清霞的右上臂裂开,鲜血迸出。

"啊……"

美世的大脑一片空白。

清霞被击中了!被子弹击中,鲜血直流!

美世的心一下子凉了半截,差点晕倒。这究竟是谁的错?到底是因为谁才变成现在这个样子?

"全部都是因为我……"美世在心里不停地自责。

目瞪口呆的美世下意识地想跑过去,却被义浪一把拽住了胳膊。

她听见新这么说道:"哎呀,打偏了吗?我本来是瞄准刀柄的啊。"

"……"

趁清霞受伤之际,新又开了一枪,但这次清霞用结界挡住了。

"可恶。"

"怎么样?是不是无法相信自己的眼睛了?"

在这种情况下,二人还能像平时一样说话,这让美世实在难以置信。

不知在什么时候,美世的泪水溢满眼眶,模糊了视线,心中充满了后悔和恐惧。

"老爷,对不起……"美世喃喃自语道。

清霞挥舞着短刀,异能的电流从刀身上流过。

"是雷电的异能吗?这下有意思了。"

看着新露出的好战笑容,清霞向他靠近,挥下了带着电流的刀。新再次分身,由幻影构成的新被清霞砍了一刀,像雾一样散开了。与此同时,清霞向刀身周围释放雷电,在空中射出几道光。

"啊!"

其中有一道光射中了新,电流的颗粒瞬间迸裂开,连一旁的美世都看得见。

看样子,新既不是完全被击中,也不是毫发无损。他的面部

扭曲着,原来是胳膊被烧伤了。

电流的光在刀身表面嘶嘶地流过。

"真是的,还没见过有人能对我的幻象有如此快的反应。"痛得满眼含泪的新抱怨道。

"是你训练不够。这种伎俩,我的小队里有好几个人都会。"

"好像是这样啊。"

"那你投降吗?"

"不,怎么可能。咱们再来几个回合。"

清霞轻轻擦去额上的汗珠,再次挥舞起短刀。

"嘿!"

随着一声喊叫,出现了好几个新的幻影。这次数量很多,大概有二十多个。即使在远处也能看清,这些相同的脸上展现着完全相同的笑容,让人感到恶心,甚至是恐怖。

"你看,哪个是我的本体呢?"

"无聊透顶!"

清霞释放出一个火焰漩涡,如同巨龙一般,朝长着相同的脸的那群幻影奔去,可他们一个接一个地消失了。

突然间,其中一个幻影绕到了清霞背后。清霞迅速做出反应,通过异能释放出一个火球,准备向自己背后抛去。

哎?

清霞背后的新居然变成了美世。

此时,美世的头感到阵阵刺痛,越来越强烈。面对如此混乱的场景,她彻底懵了。

毋庸置疑,此刻与清霞对峙的正是美世自己。那个"人"的容貌、体型,甚至连穿着清爽的淡蓝色和服这一点,都与美世分毫不差。

是幻觉吗?

砰!

第三次枪响。

子弹正好打在短刀的刀柄上,瞬间,刀从清霞的手中弹飞。飞出的短刀落在了清霞探不到的地方,他也因为冲击波和手部的疼痛而呻吟着。

"别打了。"美世在心底呐喊道,"都是我的错,所以……"

温热的泪水不断从美世脸颊上滑下。

"我赢了。"

新将枪口对准清霞的脑袋。

"不要开枪,不要杀他。"美世在心里祈求着。

"真是没想到啊,你也能被这种低级的伎俩打败。"

清霞将视线从新那张略带嘲讽的脸上移开,他受伤的右臂血流不止。

"不过啊,你也不用因为输给我而感到羞耻,你从一开始就该想到这个结果了。薄刃家的人和异能者战斗是绝对不会输的。也就是说,这个结果只不过是验证了大家的预想罢了。"

"……"

"虽然你很厉害,可保护美世小姐是我的职责。美世就是我存在的意义,既然她出现了,我就必须将她带回我身边!"

清霞垂着头,五官扭曲着,似乎马上就要哭出来了。

美世既痛苦又煎熬,还很担心,这已经是她的极限了。

"老爷!"

她挣脱开义浪的手,奔向清霞。就在美世的手即将碰到清霞被血浸满的手的瞬间,动作被打断了。

美世被新拽住了肩膀,踉跄了几步。

"美世小姐,请不要这样。规矩就是规矩,你应该由薄刃家保护……久堂少校,您请回吧。还有,从今往后对异特务小队的工作恐怕会更多,你可得加油呀。"

美世泪水涟涟,她认为这全部都是自己的错。她无法原谅不信任清霞、如此伤害清霞的自己。

也不知道是不是泪水的缘故,清霞的身影变得模糊了。

"美世……"

虽然她能听到有人叫自己的名字,可周围的一切仿佛都被吸入扭曲的空间中,直至消失。

像是被从薄刃家的结界中弹出来一样,被强制驱逐的清霞丢了魂似的,恍恍惚惚地回到家里,一动不动,直到天明。

没有人气的家就这么冷吗?

输给新的场景一遍又一遍地在清霞脑海中重现。他总想着,如果当时那样就好了,如果当时这样就好了,可想到一半,又觉得这种无谓的思考并没有什么意义。

直到现在,清霞仍不觉得自己的想法有错。薄刃家的那两个人说的话太自私,他们和盯上美世异能的斋森家并无不同,嘴上说着要保护美世,可总是把自己的想法放在第一位。

正因如此,清霞更觉得自己不能输。

他不吃不喝,任自己沉沦在无尽的后悔之中。他只要静静地闭上眼,眼前就会浮现出美世哭泣的脸庞。

过了一会儿,清霞听到了来上课的叶月的惊叫。

"清霞!你怎么弄成这副样子啊……"

面对睁大了双眼诘问自己的姐姐,清霞以沉重的口吻把事情的经过讲述了一遍。他只是简单地陈述事实,并没有添加任何私人情感。

他话音刚落,便吃了一记响亮的巴掌。

叶月勃然大怒,吊着眼角,睁大了双眼。

"所以你就这样认输,然后垂头丧气地回来了吗?我简直不敢相信!"

"……"

"你不打算说点什么吗?作为姐姐,我都窝囊得快要哭出来了。"

叶月有些粗暴地卷起清霞的衬衣袖子,察看上臂的伤口。

虽然血已经干了,但未经任何处理的伤口有些发烫、发红。

"伤得这么严重啊。大家不是都说你很厉害的吗?"

"……"

叶月揪了一下伤口周围,清霞感到一阵疼痛袭来。伤口比较浅,可是集烧伤、擦伤、割伤于一体,看起来相当严重。

叶月把手遮在伤口上方,闭上眼睛。随后,从她的手掌中轻轻飘出像光粒子一样柔和的颗粒,然后其融入伤口中,伤口瞬间痊愈了。

叶月拥有治疗之力。

这种异能可以在瞬间愈合伤口,但对疾病和中毒之类的没有效果。比起久堂家,这种异能多存在于叶月和清霞的母族中。

"对不起。"

"笨蛋弟弟,谁要你道歉啊,快去把小美世接回来呀。"

"……"

"我给你治伤就是为了这件事啊"。叶月做了个鬼脸,又这么说了一句,然后拍了拍清霞刚痊合的伤口。

"我应该不能去接她了。"

"为什么?"

"我输了,我没有把美世带回来的资格。"

那是一次堂堂正正的对决,胜负已定后再反悔的话,确实不应该。更重要的是,清霞没有勇气面对美世。

关于美世没有选择自己这件事,清霞似乎比想象中更加揪心,毕竟逼问她、责怪她的人正是自己。

叶月一拳打在清霞耷拉着的脑袋上。

"疼!"

"傻瓜!我和你说啊,你这种没用的男人的想法根本不重要,再这样下去,小美世可就太可怜了。"

"是美世自己说的,我和薄刃家都可以。"

"笨蛋!"

又一记拳头落下来。虽然力道不大,可清霞的头还是感到阵阵刺痛。

"你好好想想吧。你觉得那孩子会因为受到你的责怪就生气说出那种话吗?说白了,她会生你的气吗?"

"这……"

"小美世不论怎样都只会责怪自己啊。她肯定是嫌自己没能觉察到你的想法。"

清霞立刻想到了美世因过度自责而快要哭出来的样子。

"那孩子没什么自信,你也知道吧?在她的世界里,不论她多么想待在你身边,只要你不正眼看她,那这一切就算结束了。所以,她是为了被你所需要,才愿意磨炼自己的。"

"……"

"她没有找你商量,也是理所当然的吧。更何况是对我和百合江了。毕竟,她以前一直都没有一个可以依靠的人。"

107

清霞没有回应。叶月说的确实都对。

来到这个家之后,美世终于知道要表达自己的想法,知道被别人牵挂的感觉了。原来的她不被任何人放在心上,在她的世界里,根本就没有依靠别人这个选项。清霞唯一能做的就是全心全意地为美世着想,不断温暖她受伤的心。这些不是早就应该明白的道理吗?

"果然是我的错啊……"

"没时间让你在这发呆,那些多余的想法先往后放放!赶紧先去小美世那儿……"

叶月突然不说话了。

因为她感觉到有什么东西闯入了家里的结界。当然,清霞也立马察觉到了。

只见从窗外飘进来一张被裁成人形的纸片,躯干部分盖着对异特务小队的印章。看来是五道放出的式神。

式神转了一下身体,开始剧烈抖动,房间里响起了五道仿佛已经走投无路的声音,和平日里那不紧不慢的语速截然不同。

"队长,听到后请速回!紧急情况!"

五道的话就此中断。

看样子像是连打个电话的空闲也没有。能让他着急成这样,一定有大事发生。

怎么偏偏在这个时候……

就在清霞想去接美世,想着必须要把美世接回来才行的时候。

先去做哪件事好呢？

清霞想都没想，心里就有答案了。他不禁苦笑道："我恐怕真是个冷血的人吧。"

无情、冷酷。虽然会被这么说，可清霞还是不得不做出这个决定。如果不把握好现在的机会，可能会失去美世，如果不马上去接她，她肯定会被薄刃家完全抢走，可尽管如此……

"别说傻话，要去工作就快点去，然后早点回来。"

"姐姐。"

"怎么了？我可是站小美世这边的，别指望我能温柔地鼓励你。"

看着气呼呼的叶月，清霞叹了口气，然后回到自己的房间脱下沾有血迹的衬衫。

清霞一换上平日里穿的军装，大脑就立刻切换为工作模式。他并非是要放弃美世，也不是把工作看得比美世重要。只是，他觉得如果在这个时候抛下自己的职责，会失去所有的一切。

"你自己要小心啊。你受伤了，我还可以给你医治，可要是出了什么意外，小美世会很伤心的。"

"知道了。"

"真是的，你这个弟弟一点都不可爱！"

叶月一边抱怨着，一边把清霞送到门口。

对啊，事情还没有发展到不可挽回的地步。

等所有麻烦事都解决了，清霞一定会毫不犹豫地把美世带

回来。

　　清霞之前一直没发现,家中有美世等着他回来,能让他如此心安。美世不在的话,这个家就不再是他的归属之处了。

　　"我绝对会把一切都拿回来的。"

　　对于普通人来说,待在薄刃家肯定很舒服,可对于美世来说就不是这样了。

　　美世在薄刃家的住处是位于二层的西式房间。地上铺着藏青色的高级地毯,墙壁是柔和的黄白色。家具基本都是木制的,从精美的图案可以看出都是外国货。被打磨得闪闪发光的玻璃灯具在房间里亮着,营造出轻松舒适的感觉。

　　在薄刃家的一层,榻榻米房间比较多,不过二楼主要是西式房间。坐在椅子上,睡在床铺上,这种生活方式对美世来说有些陌生。

　　要说美世在这个家有什么专属的职责的话,似乎也没有,倒不如说她什么都不用做。家务由雇来的两名用人负责,他们把一切都做得挑不出半点毛病,没什么事情需要美世帮忙。

　　什么也不做,就静静地待着,这样的生活太让人郁闷了。

　　每天,美世早上起来,换好衣服,一个人在房间吃饭。用人送来的饭基本都是西餐。早饭就是面包片里夹着煎蛋、熏肉和芝士，还有蔬菜汤和水果。午饭和晚饭一般是牛奶做的西式汤、烤过或炖过的肉。这些饭闻起来感觉比较美味，却难以下咽，而且也没什么味道。

美世盯着饭发呆，任凭时间流逝，一不留神就过了饭点。这样重复几次，一天就过去了。

令人奇怪的是，美世在这里不再做噩梦了，她甚至在发呆时都会睡着。

"美世，看样子你这几天平静下来了。"

不知从什么时候开始，新对美世直呼其名。

美世闲得无聊、出神发呆的时候，新总是来陪她说话。她对此没什么特别的想法，可总觉得有点不对劲。

坐在桌对面的新总是笑嘻嘻的，他长得也很俊美，肯定有不少女性喜欢他吧。所以美世实在不明白他为什么总这样陪在自己身边并且无微不至地照顾着自己。

因为美世拥有对于薄刃家来说很重要的见梦之力吗？如果真是这样，那这种关系该多么冰冷啊。

"还在生我的气吗？"

美世把头扭向一边。

就算再怎么责怪新也于事无补。那件事只不过是一个契机

而已,不管当时谁赢,美世和新的关系都破裂了,只是她自己浑然不知。

"如果你不是因为这个原因的话……或者,是不喜欢这个房间?"

"不是。"

"那是不喜欢吃这些饭?"

"不是。"

"啊,我知道了,你是不喜欢这些衣服吧?"

"那个,我原来的那件和服……"

"那个可不能还给你。"

新优雅地喝着红茶。尽管语气温和,但回答却很坚决,不容反驳。

清霞输给他之后,被强制赶了出去,而美世也只能被迫待在薄刃家。当时的事情美世已经记不太清了,只有清霞受伤的样子刻在了美世的脑海里,那时她的心里满是牵挂和不安,泪水止不住地流。她就这样一直在房间里发呆,等她回过神来,已经是晚上了。用人拿来的换洗衣服是白色上衣和红色裤裙,和巫女的打扮一样,换下的和服被拿走后就再也没还回来。

至于为什么要打扮成巫女的样子,好像是因为人们从前把拥有见梦之力的异能者称为"见梦巫女",所以现在还保留着把拥有见梦之力的异能者打扮成巫女的习惯。

"当然了,要是本人不愿意的话也不能强迫,但我也不知道美世你喜欢什么。"

看到新满怀歉意的样子,美世也不好意思再抱怨什么。可比起这些,如果不能穿清霞买的和服,那无论穿什么她都无所谓了。

"真是难办,到底怎么做才能让你满意啊?"

"……"

美世沉默不语,只是盯着桌子上的木纹发呆。

这不是满意不满意的问题。

从看到清霞在决斗中受伤的那一刻起,美世就后悔不已。她后悔自己一直隐藏内心想法,后悔没有在清霞和新之间做出选择。

细细想来,清霞却一直在包容着她。

数月前,他把未婚妻美世安置在家里,带她见识了更广阔的世界,还送给她很多礼物。在美世被斋森家强行带走时,他又赶来救她,这次又为了美世和新交手并且受伤。

可为什么美世还是无法相信这样的他呢?

事已至此,美世才意识到这些,她觉得自己真是愚到无可救药。不过……

"我想和老爷再谈一次。"

"为什么?"

"我把这一切都搞错了,所以想好好和他道个歉,然后……"

"然后,你想离开这里吗?"

新的眼中透出冰冷的光芒。

美世把说了半截的话憋了回去。

"我不允许。你不知道,我们,哦,不对,是我等你等得多么辛苦,现在你来了,我又有多么幸福。"

"那个,为什么会这么……"

"我想要守护你,想和你一起承担起薄刃家的职责。"

"薄刃家的职责?"

新平静而又充满激情的话语和眼神刺进了美世心里,这比任何方法都能显示出他坚定的决心。

"薄刃家的异能拥有一个共同的特点,就是能够影响人心,你知道吗?"

"不知道。"

"在薄刃家出生的异能者拥有的所有异能都可以控制人的精神和大脑。你的见梦之力是如此,我的幻影之术也是如此。还有夺走别人的意识、扰乱别人的记忆……很多很多。这是只有我们薄刃家的异能者才有的特点。"

"好像明白了。"

虽然难以置信,可异能似乎真的能把不可能的事情变为可能。在经历了每晚做噩梦这一异常事态并且目睹清霞被幻影捉弄的场景后,美世不得不选择相信。

"那么,现在你明白为什么只有薄刃家的人才能继承这种力量了吗?"

"完全不懂。"

很遗憾,以美世目前的思考能力和匮乏的知识量是难以理解的。

看到她轻轻地摇着头,新苦笑道:"普通的异能者虽然也有上战场的,不过基本上是为了驱除鬼魂和幽灵这些伤害人类的异形。可薄刃家的异能是向人施加的,是作用于人、而非异形的异能。就算对方是异能者,也依然有效。"

大部分异能者都肩负着消灭对人类有害的异形的职责,因为只有异能才能打倒异形,异能者的存在十分必要。

既然这样,那薄刃家的职责又是什么呢?

能够轻易地随心所欲地操控人的思想就是他们的职责吗?

"薄刃家的异能者是通过异能对别人做些什么吗?"

"有点区别,不是对人,而是对异能者。"

对异能者施展异能。美世暂时无法理解这句话的含义。

"我们的职责就是在关键时刻制止异能者,甚至是制止拥有强大能量、能够摧毁一切的异能者。"

"制止他们的行动和压制力量……"

"是的。也就是说,薄刃家的异能是为了打倒异能者而存在的。"

美世终于把各种信息串联起来了。

新继续说道:"我举个例子,假设现在有一个火系异能者,因为一些恩怨,想要烧光整条街道。如果政府事先察觉到了这件事,就会派水系异能者前去制止。但如果火系异能者更厉害的话,水系异能者就灭不了火,只能默默地看着整条街道被烧毁。因此,需要专人来制止失控的异能者。"

"为了制止异能者……"

"也说得通吧?虽然你看似没有见鬼之才,可我们薄刃家本来就会诞生没有见鬼之才的异能者。"

美世恍然大悟地看着新。

"是因为薄刃家的异能者不需要看到异形吗?"

"是这样的。不过,虽然我们有制止异能的能力,但也需要能够压制我们的更强大的力量,这样下去没完没了。所以,薄刃家对此有严格的规定。历代族人都严守家规,破坏规矩的人会受到严厉的处罚。"

他们隐姓埋名、小心翼翼地生活,通过不自由来束缚自己,是为了表示尽忠职守的决心以及对天皇的绝对服从。

虽说如此,但薄刃家以外的异能者对天皇和帝国也十分忠诚。因为没有天皇的庇护,异能者很可能会从保卫国家的英雄变成异端。尤其是在科学技术高度发达的现在,异形和异能者的存在渐渐被否定,这更给异能者带来了危机感。因此,薄刃家被委以重任的机会急剧减少。

"我们一直恪守祖先定下的家规——不能使用真名,不能在外施展异能,只能和同族的人结婚,尤其是不能结交亲近的朋友和恋人,未经允许不能购买奢侈品,严禁在家以外的地方喝酒。

这些只是很小的一部分，还有很多其他的规定。"

"这么严格……"

"嗯。不过，在我成为一个合格的异能者之后，还没有以薄刃家族人的身份被委派过任务。有什么问题，基本上都是由对异特务小队和久堂家这样势力庞大的家系解决，根本就没有我们一显身手的机会。不论我们多么忠诚地遵守着规定，多么谨小慎微地生活，都没有任何意义。"

"……"

"我也想有自己的职责。我的、专属于我的职责。"

美世突然明白过来：似乎在压抑着某种情绪低声轻语的新，一定独自承受了很多吧。

能够与清霞交手多个回合并且取胜，是新辛苦修炼、不断努力的结果。如果这些努力完全没有用武之地，也不被需要，只是被规矩束缚着的话，该多么令人痛心啊。

美世无法想象。不过她知道，新的每一天都在这样的焦急烦躁中度过。

"薄刃家的家规中还有一条，如果出现了拥有见梦之力的异能者，所有族人都要保护她、扶持她。实际上，在历代族人中，我们都会选出合适的异能者片刻不离地照顾她们，担负起用生命守护她们的职责。"

"竟有这种……"

"而现在，这是我的职责了。恐怕……还要兼任你的伴侣。"

这意料之外的打击让美世僵在原地。

新居然是自己的结婚对象！她压根儿想都没想过。

她觉得胸口像堵着什么东西似的，喘不过气来。

不过，也必然会这样……

既然美世是异能者，那就没有不结婚这个选项了。如果对方不是清霞，也会是其他人，这是再正常不过的事。

"现在，薄刃家的异能者越来越少了。即使把远房亲戚都算上，也只有零零散散的几个。我的父亲也没有异能，我为了学习异能，只能从小和祖父生活在一起。我觉得祖父应该是想让我和你结婚的。"

"原来如此。"

"你之前被噩梦缠身是因为在无意识的情况下，异能失控了。只有这里的特殊结界才能控制住你的异能。求你了，美世，你就这样待在这里吧。我非常愿意守护你，因为这就是我的使命，我绝不会把它转交给任何人。你不喜欢我也没关系，就让我帮助你、守护你吧。"

"我……"

面对新充满热情、清澈率真的目光，美世的心有些动摇了。

真的已经没有其他办法了吗？

美世想再见清霞一面，想向他道歉，想恳请他给她一个重新来过的机会，想对他说是她太愚蠢了。

可这一切都不可能了。或许清霞听到美世回答了那句

"我……怎么样都行"之后,就认为美世的心不属于任何一方了吧。事到如今,美世请求再给一次机会,只会更让人怀疑。

美世在心中嘲讽着自己——完全是自作自受。

为了让自己发热的大脑冷静下来,新离开了美世的房间。

"为什么我要说那些话?"新喃喃自语道。

想要属于自己的职责。这毫无悬念就是新的真实想法。

他一直都是这样希望的。他希望能够尽到薄刃家异能者的职责,如果与异能者战斗这项工作已经不再被需要,他希望至少能够找到拥有见梦之力的女孩。

因为如果连这些都做不到的话,新就找不到自己存在的价值,始终无法独当一面。

可他从未和别人说过内心的这些想法。祖父肯定早就察觉到了,只是新没有主动坦白。

"是我高兴过头了吗?"新反问自己,握紧了拳头。

薄刃家的夙愿终于实现了。终于找到了拥有见梦之力的巫女……守护好她,便成了新的另一个职责。

新在走廊上快速走着,很快就下了楼梯。

这个家的装修朴素简单,房间里空荡荡的,没有人,也没有家具。从外面看还算气派,可一进来就会发现这个家什么都

没有。

薄刃家失势时，新还很小，那时的事他已经记不太清了。可他知道以前这个家里人很多，也摆着很多家具……随着时间的流逝，这一切开始慢慢消失，并在二十年前受到致命一击。

当新知道了自己所承担的职责时，便感觉自己简直和这个房子一样——外观粉饰得很好，却没什么内涵，也没什么价值。

经营着贸易公司的鹤木家拥有完美的外表，可薄刃家却只有空虚的内里。薄刃家的异能者表面上看可以独当一面，可实际上是连一个任务都接不到的"虚伪"的人类。

所以，为了不让别人看出这种空虚，新尽可能保持着自己完美的外表。

讨人喜欢的容貌、印象、性格，这一切只不过是徒有其表。有时他也会觉得，自己在某些方面是被人需要的，可这只不过是他极其匮乏的自信心制造出来的错觉。

就这样，外表越光鲜亮丽，内心就越空虚寂寞。可要是想填补这种空虚，就……

果然，还是得依靠美世。

新第一次见斋森美世这个堂妹时，感觉她很阴郁。说实话，新甚至在想：这不会是在开玩笑吧，饶了我吧。

因为期待值很高，所以见到后大失所望。在这个空虚的家里，被血脉相连的亲人折磨的新失去了自我。这样的家，或许同样适合和他一样空虚、阴沉的女孩吧……这种感觉有点儿类似绝望。

但是，从那个时候开始……

"请您不要这么说！"

新受到了极大的震撼。

美世居然敢站出来公然反抗处处责难久堂家的新。

尽管她的身体已经消瘦不堪，却表达了坚决勇敢的态度。

"那我呢？我有拼尽全力也要守护的东西吗？"新在心里问自己。

他想了想，很快就得出了结论：没有。像他这种空虚的人，是绝对不会有想要守护和必须要守护的东西的。

那美世呢？

根据调查结果来看，她同样不受任何人重视，应该是个和新一样空虚的人。她的人生处处被否定，是个孤单的女孩。但她现在不再是虚伪的空壳了。说她和新是同类什么的，简直是极其荒唐的。

了解了这些之后，新打心底羡慕美世。

果然，新还是很想要、很想要能够让他满足的东西，他的职责，还有能够让他尽到职责的女人。他决不能放过这次机会，忍不了了……

其实，新对于这个女人就是美世这件事还是心存感激的，因为和不再空虚的她在一起的话，就不用互相疗伤了，而是可以一起畅想充满希望的未来。

新平复了一下浮躁的心,离开家前往公司。

"能聊一会儿吗?"外祖父义浪来到美世的房间。

美世来到这个家已经四天了。

还是和刚开始一样,美世什么都不做,只是吃饭、睡觉、和新聊天。这样的日子让她的内心越来越空虚,对时间的概念也越来越模糊。有时她觉得时间过得很慢,有时又觉得快得仿佛转眼间就过去了。

听到义浪的声音,美世才突然回过神来,她吃惊地发现原来已经中午了,可明明感觉才吃过早饭啊。

美世没说话,点了点头。义浪礼貌性地说了句"打扰了",便走进来坐在了平时新总坐的、美世对面的座位上。

"不好意思,过了这么久才来,应该早点儿过来和你说说话的。"

"我没事的。"

美世刚来这个家的时候,觉得义浪很严肃,可他现在看起来就是个非常普通的老头,一点威慑力都没有。他一副十分抱歉的样子,甚至让人觉得有点不可靠。

"在这里有什么不方便的吗?"

"没什么。"

"噢,有什么事和新说就行,这是他的职责。为了你,他可以不厌其烦地做一切事,甚至牺牲生命。"

"就算是这样,我也不会高兴的……"

被这样优秀的男人尽心尽力地照顾着,美世感到前所未有的不自在。对于过去一直照顾别人的美世来说,这反倒成了沉重的负担。

她低头盯着膝盖上的双手,回应道。

"我基本上也没什么要和你说的了,重要的事新大概都说过了吧。要是还能再聊一会儿,我想说说澄美的事。"

"母亲的事?"美世自言自语道。

美世应该不会对自己母亲的事情不感兴趣。只是当她知道母亲就是封印她异能的罪魁祸首后,心情变得复杂又矛盾。

"我想问的不是母亲的事。"

"那是什么?"

"那个……我还是想和老爷见一面……这个要求您能接受吗?"

就算被拒绝,说了也比不说强。美世带着这样的想法,问出了这句话。果然不出所料,义浪听到后快快不乐。

由于对外使用的姓氏是鹤木,所以薄刃家的当主表面上是新的父亲,实际上是义浪。也就是说,如何对待美世全凭义浪决定,美世能否与清霞见面自然也由他做主。

尽管美世没抱太大希望,可看出义浪的心思后,她还是忍不住伤心起来。

"我觉得见一面也不是不可以,但某人再三叮嘱,实在是不行呀。而且,就算你去见他,恐怕也见不到。"

"嗯?这是什么意思……"

"据我所知,天皇收到了天启,派给对异特务小队一项十分棘手的任务,估计现在他们正忙呢。"

这么说来,新确实也当面和清霞说过接下来会很忙这样的话。可能指的就是这件事吧。

家里有百合江,即使没有美世帮忙应该也没问题。可在这么关键的时刻,美世却不能在清霞身边支持他,这让美世感到十分焦躁。

"你就那么想见那小子吗?居然还哭了。"

美世惊讶地摸了摸自己的脸颊——已经被温热的泪滴浸湿了。

"不……不是的……"

"那是什么?"

"一想到自己如此无能,我心里就难受……"

听到美世这么说,义浪只是点了点头。

美世的眼泪和情绪一股脑地涌了出来。

"在关键时刻我总是帮不上忙,在他需要我的时候,我却什么用都没有……"

既没有异能,也不擅长名媛技能,美世知道自己在这些方面有缺陷,所以才努力完善自己,以求面面俱到。可为时已晚,况且在那个时候就已经错过了。等一切都来不及的时候才习得这些能力，还有什么意义呢？

异能是美世从小可望而不可求的。现在，她终于知道了原来自己有异能，却一点都高兴不起来。清霞说她没有异能也没关系，因为也没什么使用的场合，而且薄刃家对此好像也并没有抱多大期望。看似珍贵的异能却成了无用的多余之物。

"原来如此，你和新还真有点儿像。"

"啊？"

"你们都无法与自己和解。可能是因为环境与能力不匹配吧。这种情况都是我们这些身边人造成的啊。"

"可是，那个……"

"你受苦了。如果我能早点儿调查清楚你在斋森家受到的是什么待遇，那你也不会像现在这么痛苦。"

义浪缓缓地低下了头。

美世没想到他能这么客气地向自己道歉，一时惊慌得手忙脚乱。

不过，义浪接下来的这番话倒让美世平静了不少。

"突然来到这个家，你恐怕还不能马上适应。不过我们本来就是血脉相连的亲人，所以以后不必拘谨，可以多多依赖我们。"

希望你可以多依赖我，因为我们是一家人。

美世想起叶月也曾对她说过同样的话。清霞也说过要多依赖他、多向他撒娇。

阴暗的雾气缓缓笼罩在美世的心头,她不禁低下了脑袋。

"突然间听到一家人这样的话,我有点不知所措。"

"噢,我也想到了。"

"以前看着父亲、继母和妹妹,我心里特别羡慕,想着什么时候我的身边也能有这样一个人呢?"

"……"

"然而,这样的人一直都没有出现。我本打算放弃了……可你们又突然说让我把你们当作亲人,我不知该怎么做才好。"

这些话,美世对叶月和清霞都没有说过,现在却和义浪说了。美世可能是抱着怎样都无所谓的心态,有些自暴自弃了,她也许是想把无法消化的情绪一吐为快。

"以前,我身边有一个用人代替了母亲的角色,但我知道她并不是亲人。我不明白,如果结了婚,成为妻子,成为母亲,就能懂得亲人的感觉了吗?所谓亲人,到底是什么啊?"

"……"

"我连这个都不知道,大家肯定会特别惊讶吧。而且老爷也在生我的气。"

"这样啊。"

"实在抱歉,跟您说这些不明所以的话。"

一股脑自顾自地说了这些让对方困扰的话,美世感到无地自容,惶恐不安。

但美世偷偷瞟了一眼义浪,发现他的脸上居然挂着温柔的微笑。

"没有,没关系的。能听你说说心里话也挺好。"

"额……"

"我想对你说些作为外祖父该说的话。"

"好的。"

"就像现在这样,将自己无法消化的情绪分享出来,不就是家人之间应该做的吗?"

"分享?"美世一脸疑惑地歪着头。

"你不再需要独自一人承担,有什么想法就尽情说出来。"

"好……好的……"

"也就是说,信赖并不意味着把自己的全部托付给别人,而是把一个人拿不动的行李分一些给别人,然后互相慰藉搬运过程的辛苦,一起感受搬运结束的喜悦。能够毫无顾忌地做到这些的,就是家人了吧。让他惊吓也好,让他生气也罢,只要不是太严重的事情,亲人之间的纽带是永远不会断的。"

"母亲出嫁时您也是这样想的吗?"

美世的母亲背负着薄刃家所有人的希望。所以当她执意要嫁入斋森家时,薄刃家的人肯定相当气愤吧。

义浪用手托着下巴,陷入思考。

"确实,我那个时候相当愤怒。捧在手心里养大的女儿嫁到了斋森那种人家,我真是怒不可遏。当时我就发誓,绝对不会原谅这个不孝之女。"

"您没有因此而讨厌她吗?"

"怎么会讨厌呢!虽然当时想着不要原谅她,可她是我的宝贝女儿啊。当然,有的父母会把孩子逐出家门,断绝亲子关系,可如果看到我的孩子受伤吃苦,我只想要帮助她。知道她过得幸福,我也会开心。"

原来是这样啊,美世似乎明白了。

到目前为止,都不曾有人和美世站在同样的立场,表达同样的想法。一直都是她独自消化着所有的情绪。

清霞也曾说过,对他来说,姐姐叶月是个可以理解他想法的人。

"美世,其实我对你的想法也是一样的。"

"对我?"

"是的。当时正是因为澄美嫁了过去,我们家族才得以存续,才有了你。能够与你相遇,我感到非常幸福。"

"真……"

美世看见义浪眼角泛着的泪光,才明白他说的这些应该都是出于本心。

也许是因为见梦之力非常珍贵,所以义浪才会这样。不过,比起这个,他们从一开始就希望美世能够成为家族的一员并且真心想见到她。

"谢谢您。"

"不,美世,该说感谢的是我。能和你这样聊天真好。"

"是啊,我也很开心……不过……"

说着说着,美世意识到了一件事,她果然不该待在这里。

她希望能遇到一个人,让她产生想和他成为家人的渴望。她希望能有个人和她一起扛起生活的重担,相互扶持、共度余生。

她希望这一切都还来得及。

想到这些,她不自觉地站了起来。

就在这时,门被狠狠地踢开了。新表情凝重地跑了过来。

"新,怎么了?"

见此情况,义浪觉得一定是出了什么事,紧锁着眉头向新询问情况。

"就在刚才,我收到一份情报……"

新突然停了下来,表情奇怪地瞥了美世一眼。

周围的空气变得凝重起来。

"在这里说有点……"

义浪似乎意识到了什么,和新一起离开了房间。

应该不是什么好消息。不祥的预感在美世心中扩散开来。她稍稍犹豫了一下,便打定了主意。她等了一小会儿后,悄悄尾随在二人身后。

美世在走廊上小心翼翼地走着,尽量不发出脚步声,她发现义浪和新在楼梯旁边小声谈论着什么。

"……了?"

"久堂……被……"

他说什么?

美世离得太远了,听不清他们在说什么,但感觉可能是什么不好的消息,她集中注意力,竖起耳朵继续听着。

"这是真的吗?"

"嗯,消息可靠。"

"具体是怎么回事?"

"和我之前听说的差不多。奥津城的幽灵向附近的农村逼近,所到之处的民众都无辜丧命,所以天皇决定让对异特务小队前去讨伐。在战斗中……"

一听到对异特务小队,美世瞬间僵在原地,一动不动,剧烈的心跳声在她的耳朵深处回响。

"对异特务小队的其他人好像没有受伤,只有队长久堂清霞……"

美世从未像现在这样专注,甚至都忘了呼吸。

新刚说完下一句话,美世便不自觉地冲了出来。

"您说老、老爷他怎、怎么了?"

"美世?"

新和义浪大概是没想到美世会偷听他们的谈话,都惊讶地瞪大了双眼。

"请再说一遍……再说一遍,老爷他……"

明明是自己在说话,美世却觉得一点都不真实。她的脚止不住地颤抖——害怕听到真相,却忍不住想要确认。

美世虽然颤抖不停,目光却十分坚决。

新走到她面前,像是有些害怕似的倒吸了一口气,说道:"美世,请你回房间里去。"

这种情况下,美世肯定不会回房。

美世摇了摇头。

"请回房间。"

"我做不到。"

"回去!"

"……"

不论新如何高声叱责,美世都无动于衷。

为了表示自己的决心,她死死地盯着新,眼睛眨都不眨一下。

二人就这样看着对方,一句话也不说。不一会儿,新就败下阵来,他粗暴地拨了拨额前的刘海。这样子一点都不像平时的他。

"久堂清霞被敌人击倒了。"

又一次听到这句话,把美世心中"听错了"的可能性彻底抹杀了。

可即便如此,她仍然难以相信,在心里反复回味着这些无法消化的话。

"被打败？倒下？"

"是的,久堂清霞在与敌人的战斗中倒下了。"新面无表情地冷冷地说着。一旁的义浪则是架着胳膊沉默不语。

这二人极为冷静,但美世本人却不由得开始恐慌起来。

"这到底是怎么回事?"

美世突然大吼了一声。

"打败?被打败是什么意思?"

她人脑一片空白,心脏怦怦直跳,剧烈的跳动让她感到疼痛,呼吸也变得困难,连手指都动弹不得。

美世就这样呆呆地看着新。

"要说发生了什么,具体情况我也不清楚。估计是执行任务的时候,受到敌人的攻击负伤了吧……好像是倒下后就没有意识了。"

"怎么会这样?骗人!应该是什么地方搞错了吧?"

她无法相信,更不愿相信。

"我没有骗你,情报准确。"

新无情地一口否定了美世的自言自语。

美世想和清霞再见一面,想和他道歉,直至他原谅自己,想和他共度余生……她明明才下定了决心。

难道要再一次失去了吗?失去重要的人、重要的东西?

不停地失去、失去,这种悲伤要一直持续到最后一无所有吗?

美世紧紧闭着眼,用双手捂着耳朵,似乎是想赶紧打消这种不好的想法。

她暗示自己这就是一场噩梦。

没错,一定是。这一切只不过是场噩梦。就这样等着梦醒吧。这样的话,就又可以回到那个温暖的家了吧。

"美世。"

美世被这一声拉回了现实,一睁开眼就看到义浪担心的脸。

这里是薄刃家。

美世要永远失去她所盼望的生活了。

"老爷是不可能被打败的……他很厉害。"

美世只见过一次清霞战斗的样子,就是他与新对决的那次。虽然目睹了清霞被新所伤,但清霞的存在感极强,整个人闪闪发光。美世无法想象这样的清霞会被打败。

在美世的世界里,他的存在就像太阳和月亮一样,是绝对不可能消失的。美世完全没有想过自己的世界会没有他。

美世突然抬起头。她心想:事情还没有盖棺论定,新也没有说清霞死了。

她决定好了,无论如何,都不会放弃清霞。她还没听到清霞亲口说出那些重要的话。如果她只是叹气,然后放弃的话,那和从前没什么两样。

美世陷入思考。回过神后,她拔腿就往外跑。

"美世!"

虽然听到了新和义浪的叫声,但她仍旧没有停下脚步。

她几乎是滚着下了楼梯,准备就这样穿着睡衣跑出去。

"美世!等一下!"

她刚把手放在玄关门上,就被从身后追来的新拽住了肩膀。

美世吓了一跳。她屏住呼吸,缓缓转过了头,看到几乎要哭

出来的新。

"新先生……"

"拜托你不要出去,就待在这里。"

刚才不顾一切地驱使身体奔跑的那股热量缓缓冷却了下来,但不是完全冷却,她只是稍微冷静了一些。

面对新恳切的请求,美世并非没有动摇过,因为她切实感受到了他的焦急和悔恨。此时的新空有一身本领却无计可施,如果就此失去美世,恐怕他又会过上那种抑制情绪的生活吧。

即便如此,美世也不愿让步。

"我做不到。"

"为什么?"

"我想陪在老爷身边,我不想放弃他。"

"非得是那人不可吗?我的力量还不够吗?"

新紧紧抓着美世,像个被丢弃的孩子。他明明完全没有必要这样。

美世又深深地吸了口气。如果她现在回头,就真的再也回不到清霞身边了。

"新先生绝对不是能力不足,你是个很有魅力的男人。"

"既然这样,那选我就好了吧?"

"不,只有老爷才行。我待在这里才认清,谁都替代不了他。"

这里有她一直以来都渴望拥有的亲人,义浪和新也都非常愿意接纳美世。

之前,美世总想着逃离斋森家,找一个安身之所。只要能安稳地生活,结婚对象是什么人都无所谓,要是能遇上个温柔体贴的丈夫,就再幸福不过了。所以,如果在那个时候被薄刃家接来,她估计会很乐意待在这里的。

可是现在,待在这个家让她觉得很别扭。

清晨早早起床准备早饭,送走清霞,洗衣服,打扫家;和服上的线开了就缝缝,时间空闲了就学习;到了晚上,出门迎接回家的清霞,再一起吃晚饭;泡完澡后,两个人一起悠闲地喝喝茶。美世很喜欢这样的生活。

这是美世所渴望的幸福,是她不愿放弃的日常。

只要待在薄刃家,她就会忍不住比较,每次一比较,就更能听到内心深处不绝于耳的呐喊。

不是这里,这里不是她该在的地方,不是她想在的地方。

"我很抱歉,随意推翻了你们胜负已定的结果。拜托了,让我走吧。"

美世深深地鞠了一躬。

美世用余光瞥到新用力紧握的拳头。

"我……不、不行!我不能让你就这样走了。"

看着摇头的新,美世更着急了。

她必须尽快赶到清霞身边。也许她在那里帮不上什么忙,但她更不愿意就这样在不知不觉中失去了重要的人。

美世此刻只想着快一点、再快一点回去。

"我还会回来的,一会儿就好。请让我去吧。"

"真的不行……我确实想让你留下来,可是要把你留在家里的人并不是我。"

这样说来,义浪确实也说过同样的话。他曾再三叮嘱不能让美世和清霞见面。也就是说,有人想把美世关在这里……

可就算这么做,也没有任何好处啊。

"只要我能去老爷那里,怎么样都行。"

"可是,不行……事到如今,我就坦白和你说了吧,我和某人做了一个交易。"

"交易?"

"是的。"新只回答了简短的两个字,看起来吞吞吐吐的。

美世转过身来面对着新,准备听他能坦白些什么。

"交易对象是……天皇。"

"什么?"

这突如其来的打击让美世说不出半句话。

骗人的吧?天皇!

位于整个国家顶端的贵人。

与天皇进行平等交易本就让人诚惶诚恐,而且新与天皇熟识这件事简直就是不可思议。美世觉得这个表哥比想象中的更可怕。

"什么样的交易?"

"我想让你回到这个家。可久堂家守卫森严,不管是力量方面,还是立场方面,我都无从下手。所以,我请求陛下帮忙。"

根据新的说法,天皇似乎也有什么企图。

利害关系一致的两人为了各自的目的联起手来。

"天皇通过天启提前知道了对异特务小队会遇到十分棘手的任务。我以此为契机,开始与久堂清霞接触。"

"那么,不让我去的人是谁?"

"是陛下。他说,把你接回薄刃家后,没接到他的通知就不能让你和久堂清霞见面。"

"为什么要这样?"

"我也不明白,我不知道陛下究竟想做什么。陛下仅仅表示,会帮助我让你成为薄刃家的一员。"

新眉头紧锁,继续说道:"陛下很严厉,你要是违抗命令,恐怕会受到处罚的。"

"薄刃家也会受到牵连吧。"

忤逆天皇,即便不是因为公事,也是不可饶恕的滔天大罪吧,不知道会遭受多么严厉的处罚。

"我……"

如果仅是对自己不利,美世就不需要犹豫了。可薄刃家也被卷了进来……

"美世,我会听从拥有见梦之力的异能者,也就是你的命令。这是我的本心。就算因此受到牵连,我也心甘情愿。"

"可是……"

新原本飘摇不定的眼神变得坚定起来。

"你是想去的吧？去久堂清霞身边。我也下定决心了……"

"嗯……"

"你去吧。不过有个条件——我和你一起去。"

"新……"

美世瞪大了双眼，她着实没想到新会说出这番话。

"可以吗？那个……违反家规也没问题吗？"

新难为情地苦笑道："恐怕，会有大问题吧。这样可能会暴露我是薄刃族人的身份。但是，就像你不能放弃久堂清霞一样，我也不会放弃你。"

"是、是吗？"

"嗯，而且我也不能放任你一个人出去啊。"

美世略带羞愧地低下了头。

美世仔细想想，她一个人出去，都不知道去哪、该怎么走。就这样冲出去，可能最后会走投无路吧。

"这样也可以。外祖父？"

新一转身，看到义浪就在跟前。义浪表情复杂地叹了口气。

"我也没办法。你和美世都是我的宝贝孙儿。支持你们，也是我这个祖父的职责。"

"谢谢。"

"谢谢您。"

说罢，美世和新一同跑出了薄刃家。

第四章　黑暗中的光明

美世和新没有一刻迟疑。

虽然已经快到不能再快了,可美世的心早就飘到了更远的地方。

"该往哪儿去呢?"

"既然久堂清霞已经失去意识了,那他应该不在对异特务小队的执勤所。他可能在医院,但我觉得应该是在久堂家府邸,或是你之前住的那个家。"

按照新的猜想,他们二人驾着"鹤木贸易"的车前往那个家。

虽然新嘴上说自己的驾驶技术还不太熟练,但一路上开得又快又稳。美世则在车里一心祈求清霞能够平安无事。她希望清霞可以恢复意识,她希望看到清霞充满活力的样子。

"要我说啊……"新边开车边直白地说着,"一定没事的,那个男人真的很强大。倘若他做好了万全的准备,我和他交手可能还会输。对我这个抑制异能者的薄刃族人来说,这可是个不容小觑的问题啊……"

之后,新又一脸坚定地补充道:"清霞少校是不可能被游荡在外的幽灵杀死的。"

至于与对异特务小队交战、心怀怨恨的异能者的亡灵是何种异形,美世完全不清楚,也无法想象,所以只能无条件相信新的话。

他们穿过人头攒动、高楼林立的帝都中心,向着冷清的郊外开去。窗外熟悉的街道以前总能让美世感到心安,现在却让她备感不安。尽管极不情愿,但她总会想起从前安稳的日子,同时,失去这一切的绝望感也从脑海里一闪而过。

"总之,你还是不要钻牛角尖。我们从薄刃家的地界出来,能够抑制失控异能的结界的力量也会消失。如果见梦之力开始失控,你的身体可能又会难受。"

"谢谢你这么关心我,新先生。"

美世勉强挤出一丝微笑,向新表示感谢。

如果只有她自己一个人,可能什么都做不了。现在,有了能理解她并且值得信赖的表哥,她也算有了依靠。

"不管发生什么,我都会和你在一起。"

新从来都没有动摇过。虽然他对周围的环境不满,但对薄刃家和自己的职责以及自己通过不断努力锻炼出的能力都感到自豪。

虽然义浪说美世和新很像,但他比美世出色得多,更加光彩夺目。不管发生什么,美世能够感觉得到,新的话没有一丝虚伪,全部都出自他的真心。

她回过神后,向新点了点头。

"嗯,我相信。"

"我们开得再快点吧。"

新踩了脚油门。

恬静的乡间小道上,一辆飞速行驶的汽车想必会吸引不少目光吧。还好新开得快,眨眼间便到了目的地。

刚停下车,美世便径直向玄关奔去。

就在她触碰到玄关门的瞬间,屋内传来"咚"的一声巨响。

这是怎么回事?

好像是重物狠狠地撞到了坚硬的地方,发出了巨大的响声。除此之外,她感到家里有人,甚至还能听到类似怒骂的声音。

"我先进,你跟在后面。"

"好的。"

美世答应了从身后追上来的新的提议。她跟在新身后,一进家门就看到她认识的两个男人正扭打在一起。

"混蛋!你说队长治不好了是什么意思?"

发出怒吼的人是清霞的部下五道,被他揪着衣领破口大骂却一脸若无其事的是辰石一志。

"就是字面上的意思啊。连我都束手无策了,那就真的是没办法了。"

"你竟敢如此心平气和地说出这种话!你不是自称很会破

解咒术吗？"

"你搞错了。我不是擅长破解咒术，而是破解法术。"

"少跟我说这些狗屁理由！"

五道一改平时不着调的样子，很难想象他会像现在这样面红耳赤。不过一志照样悠闲自在，不为所动。

"这不是歪理？亏你还是个副官，连这种事都不知道吗？"

"烦死了！多亏了队长和少将的关心，你们家的罪责才被宽恕，可你即便收到了消息也不过来，你以为你是谁啊？"

"究竟是谁比较烦人啊……"

美世完全不清楚这两人为什么会吵成这样。

为了不打扰他们，美世从会客厅外面绕过，向清霞的书房兼卧室走去。

她紧张到胸口疼痛难忍，双手一直颤抖着，手指都无法好好地放在隔扇上。

"没事的……没事的。"美世小声祈祷着。

她再一次深呼吸，然后一口气拉开隔扇，甚至都忘了要打声招呼。

"小美世……"

美世最先认出的是满脸惊讶、愣在原地的叶月。

然后她移开视线，眼前的景象让她吃惊到几乎什么都看不见了。

"老、老爷……"

躺在被褥上的清霞一动不动，洁白的肤色比平日里更显苍白，没有一丝生气。

美世不愿意往那方面想，可清霞的模样已经远超脆弱不堪的程度，简直和蜡像一样。

美世勉强挪动着因无力而快要倒下的身体，坐在清霞枕边。

"老爷。"

美世就这样绝望地呆坐着，下意识地握住了清霞冰冷的手，还能感觉到他手腕处微弱的脉搏。

清霞还在呼吸，脉搏还在跳，他还没有死。

美世终于松了口气，泪水夺眶而出。这时，一双温暖的手臂从背后轻轻抱住了她。

"小美世，谢谢你能来。要是在你们分开的时候，他就这样走了，那我可真不知道该怎么办了。"

"对……对不起，叶月小姐……"

从叶月的哭腔中可以听出她有多么担心，哭声中尽是不安。

美世感到十分抱歉，但叶月的信任又让她很开心，泪水再次夺眶而出。

"没关系，你不用道歉。我都听清霞说了。"

"因为我对老爷的不信任才导致这种结果……我真的后悔万分。"

现在这个情况，美世已经什么都做不了了。

美世很高兴清霞还活着。可清霞要是一直无法恢复意识的

话……美世产生了一种可怕的想法,再一次被深深的悲伤和悔恨击垮。

"原来如此,是被幽灵强烈的怨念吞噬了吗?"

被美世晾在一边的新突然蹦出这么一句。

叶月立马转头去看,随即发出一声惊叫。

"你、你是……"

"啊,上次多谢了,久堂叶月小姐。"

新的脸上又浮现出他那亲切的笑容,装模作样地打了个招呼。

"小美世,这究竟是怎么回事?"

"额,那个……"

"我是陪美世来的,我是她的表哥。"

与美世的惊慌失措不同,新很爽快地把事情说清楚了。

叶月犹豫片刻之后才明白过来,接着极其震惊地捂着嘴愣在原地。

"不可能吧。所以,你就是那个……"

"恐怕就是你想的那样。啊,别搞错了,我并没有打算与你和久堂清霞为敌,也不打算帮忙。我的工作就只是守护、支持美世。"

"哎呀……"

看到叶月居然轻易地不再追问,一直沉默地坐在房间一角的百合江等不及了。

"叶月小姐，这样真的好吗？"

"嗯，没什么不好的吧。"

"我不放心……"

看到百合江唉声叹气的样子，美世插嘴说道："百合江婆婆，新先生和我约定好了，他是站在我这边的。请你相信他。"

"美世小姐……"

"新先生是个非常值得信赖的人。谢谢你能这么关心我。"

看到美世满脸微笑地说着，百合江赶忙用袖子擦拭自己湿润的眼角。

"美世小姐，您变得如此出色了啊……"

"夸、夸张了吧。"

其实美世一点也没变优秀，只是内心少了些许迷茫。

一旦下定决心要相信某个人，最关键的就是坚持到底。这次的事情让美世牢牢地记住了这一点。

她不相信清霞能够接受自己，所以才没有向他坦白自己的烦恼，还自作主张地离开了他。就是因为这些，美世现在都不知道自己还有没有道歉的机会。

一旦起了疑心，两个人的心就会越来越远。

"哎呀，差不多可以了吧？我还有些话想说。"新在突然安静下来的房间里举着手说道。

"您要说什么？小美世的表哥？"

"或许……有一个方法能让他醒过来。"

新的话让在场的所有人哑口无言。不仅如此，就连在会客厅扭打的五道也连滚带爬地跑进来问了句："真的吗？"

"嗯，但确实有难度……他被逝者强大的怨念所伤，还能保住一命，已经算是奇迹了。"

"您真的能帮上老爷吗？"

"如果有见梦之力的话……"

美世惊讶到忘了呼吸。

要是有见梦之力这种异能，清霞就能得救。也就是说，美世手里握着清霞的命。

"怎么会……"

美世从未主动发动过异能，根本不会使用异能啊。她体内的异能只会随随便便地失控。所以，要她以自己的意念操控异能并救活清霞，是根本不可能的事情。

在场的所有人都看向她，这让她惊出了一身冷汗。

"美世，你打算怎么办？要试试看，还是打算放弃呢？"

"我绝、绝对不会放弃……"

新平静的眼神让美世有所动摇，她觉得自己像在被试探。

美世会利用这个机会吗？还是会将它扼杀？

她比刚才更紧张了。她背负着所有人的期待，甚至连最重要的人的性命都被掌握在她这双不可靠的手中。

她真的能操控异能吗？

美世一直都希望自己可以唤醒异能，但到了现在这样的关键时刻,却紧张得双手颤抖、呼吸困难。

她觉得自己太窝囊了,不过……

"新先生,我真的能救老爷吗?"

美世无法忍受自己就这样什么都不做,不能眼睁睁看着这一切就此失去。

如果她放弃了,那连违背着天皇意志来陪她的新都对不起,她自己恐怕也会因后悔万分而死去吧。

"其实我也不敢确定,现在说什么都是假设,不过我觉得值得一试。"

即使可能性再小,只要有一丝希望,美世就不会放弃。

她强忍住因害怕而快要流出的泪水,用力地点了点头。

"我懂了,那我就试试。"

叶月紧握着下定决心的美世的手。

"小美世,你不要勉强。清霞当然要紧,但我们也都很担心你啊。你也很重要,我们也都很喜欢你。你可不要忘了啊。"

"好的,谢谢。"

啊,这是多么让人开心的话啊。

美世露出会心的微笑,温柔地回握住叶月的手。

"我也非常喜欢大家。"

美世依次望向一直看着她的百合江、五道,还有随后进来的一志。就像叶月说的那样,他们每个人的眼神中都流露出对美世的关心。

美世心里暖暖的,这大概就是所谓的友善吧。

"新先生,请教教我。我怎么才能操控异能呢?"

在一旁沉默地等着美世做出最后决定的新叹了口气,转头看向百合江。

"可以帮我准备一床被褥吗?然后和清霞的并排铺在一起。"

"被褥?"

"对。美世要躺在上面。因为操控异能的时候,恐怕身体和意识会分离。"

按照新说的那样,百合汇在清霞旁边并排铺好了一床被褥,美世躺了上去。

"要想操控异能,就得接触到对方的肌肤。美世,你握住清霞的手。"

"好。"

美世触摸着清霞毫无血色的苍白的手。虽然清霞的手像冻僵了一样冰冷,可美世的手因过分紧张而凉冰冰的,反倒觉得清霞的手有些温度。

美世闭上了眼,感觉到有一种黑暗的、错综复杂的东西通过与清霞相牵的手流入自己体内。

"这……"

"感觉到了吗?这就是怨念的一部分,现在已经变为侵蚀人心的毒药了。"

毒药。这种说法简单易懂。

因为美世能够模模糊糊地感觉到,这种错综复杂的东西已经把清霞包裹了,甚至吞没了他的心灵和意识。她必须除去这种东西,让清霞被吞噬的意识恢复过来。

渐渐地,周围的声音和人的气息越来越远,唯有新平静的声音格外清晰。

"美世,尽情发挥你的想象。接下来,你就成了脱离肉体的灵魂,然后进入久堂少校体内,去寻找他的灵魂。"

"好……"

美世在脑海中描绘着这样的画面:自己变成轻飘飘的灵魂,飞入被怨念缠身的清霞体内。她祈祷着这一切都能成为现实。

不一会儿,她就感觉到身体变轻,飘向空中。她觉得此刻的自己好厉害。

等到她再次睁开闭着的眼睛时,眼前出现的不是天花板,而是无边无际的黑暗。

美世下意识地抱紧自己。到处都是一片黑暗,到处都是……上下左右各个角落全都被黑暗所笼罩,这个世界让她害怕,似乎连她自己也快被吞没了。

不过,美世下定决心坚决不走。

她咬紧牙关,向前迈出一步。

她甚至都不知道自己站在什么地方,暂且先往前走吧。

此时,她已经听不到新的声音了。

美世刚才鼓起的勇气眨眼间耗尽,取而代之的是想起了小

时候被关在仓库时的那段经历。

害怕、心虚,美世的眼眶里噙满泪水。

她深深地感觉到,果然一切都和原来一样,自己始终都是孤身一人,不会有谁来帮忙,恐怕她将永远一个人沉沦在这无边的黑暗中。

"老爷,您在哪?"

美世在黑暗中一个劲儿地走着,她认为自己在向前走,但身处漆黑一片的空间中,又让她觉得一切都不真实。

就这样,也不知道过了多久。好像是几分钟,又好像是几个小时,就在美世对时间的感知开始变得模糊的时候,她听到了一阵微弱的声响。

是外界的声音吗?还是来自这片黑暗的声音?

美世走近发出声音的地方,渐渐地,她隐隐约约地看到了一处风景。

是夜空……

美世仰起头,看到万里无云的广阔夜空中繁星闪烁;再看向脚下,几乎和现实没什么两样,是满布泥土的乡间小道;大山就在眼前,路边草木茂盛,甚至还能听到虫鸣。

这是哪里?

突如其来的变化让美世不知如何是好。

周围的风景有点像她和清霞一起生活的那个家附近的景色,但又有些眼生,好像不是同一个地方。不过,她也不是完全没有见过,可能是帝国的某个地方吧。

可她到底为什么会来到这种地方呢?

大自然的味道如此真实,美世一瞬间无法判断这是现实还是幻觉。

"我的身体现在应该在家睡觉吧……"美世嘟囔道。

所以,她判断这就是从那片黑暗中生出的幻觉的世界。

美世一脸迷茫地在原地伫立了片刻,看到远处的草地上有什么东西在转动。之后,随风传来了鞋子踩踏草地的声音。

有人在那里!美世知道那是谁。

"老爷!"

美世什么都没看到,只是寻着声音往前跑。

她感到自己的身体很轻盈,呼吸也顺畅了。她可以这样一直跑下去。

虽然没有任何证据,但她能够判断:那个人想必是,不,绝对是老爷。

在这个黑暗的世界里,清霞正在孤身一人与什么东西争斗着。这个东西就是将他吞噬的死者的强大怨念吧。

美世想快点和清霞见面。

她没有半点犹豫,一股脑地奔跑在夜路上。

　　树林间飘荡着无数的幽灵,他们身上散发出黑色的、红色的、紫色的混沌之光,不断向清霞逼近。

　　幽灵勉强还有人的样子,但每个都像快要融化的泥人一样,甚至连男女都区分不出来。清霞操控着异能,释放出火焰将他们烧毁。

　　这种状态不知道持续了多久。等清霞回过神后,发现自己已经在这里了——在夜晚的森林中和打也打不完的幽灵作战。

　　清霞回想着自己来到这里之前的事情,差点以为自己已经死了。

　　就是那天晚上。

　　为了击退从奥津城中出逃的幽灵,对异特务小队正在进行大规模的作战准备。

　　因为有普通民众走夜路时不幸遇到幽灵而遇害,所以正在休假的清霞被叫了回去。

　　既然已经有人遇害,他们就不能再磨磨蹭蹭的了。

　　经军队和宫内省协商,一致决定由对异特务小队进行讨伐作战。

　　起初,清霞和五道一起留在作战本部指挥,但异能者的灵魂化为怨灵后,不仅很难对付,而且数量庞大,使队员们陷入了苦战。

　　对清霞而言,他不可能在这件事情上花费太多时间,他想尽快把事办完,然后去接美世。所以,虽然他是队长,却让五道镇守大本营,自己上前线讨伐。

　　清霞的判断应该没错。前期的失败很可能是因为误判了怨灵的力量。异能者在死后依然拥有异能。不仅如此,正是因为失去了肉体的束缚,灵魂才得以升华,甚至力量也比生前更加强大。

　　这些怨灵没有意识和思想,行动迟缓,所以清霞并没有把他们当成对手,但他们的怨念之力也确实构成了威胁。对于小队里能力不怎么强的队员来说,这场战斗也挺吃力。

　　偶然间,清霞看到他附近有一个队员正在和幽灵鏖战,眼看就要被强大的怨念所吞噬。

　　"躲开!"

　　清霞大喊着,立刻跑到了队员和怨灵中间,用异能将周围的怨灵一扫而光。面对这压倒性的力量,怨灵灰飞烟灭,一个都不剩。

　　虽然一口气成功消灭了怨灵,但就在他即将施展异能的时候,被怨念接触到了。

　　只能说是他大意了。

　　清霞一边尽情施展着异能,一边回顾着,不禁叹了口气。

　　要是放在平时,这种怨灵根本不是清霞的对手。异能者的世界,还没有轻松到犯了这样错误的人也能自诩最强者的程度。

　　但事实就是,怨念瞬间吞噬了清霞的意识和心灵,等他回过

神后,就已经在这个地方不停地厮杀了。他觉得大部分怨灵应该已被击杀,小队足以应付剩下的那些。可是……

这里究竟是梦境,还是地狱?

可以确定的是,清霞是在失去意识之后来到这里的。不管是梦境还是地狱,他都不知道该怎么回去。

或许压根儿就没有能够回去的办法,可清霞甚至连这一点都无法确定。

这里简直就是现实中作战的延续,或者说是重现。

怨灵不停地出现,几个小时过去了,月亮还是一直悬挂在天空中同样的位置。处在这种非正常的时间进程中,清霞的脑海里闪过一个不祥的念头:这种状态有可能会一直持续下去。不可思议的是,清霞并没有感到身体上的疲惫,可看不到头的战斗让他意志消沉。

清霞把雷电异能附在拔出的军刀上,一举歼灭了缓缓飘荡的怨灵。

"可恶!"

刚消灭完这波,快要融化的泥人一样的影子又接二连三地冒出来了。就连能征善战的清霞,此刻也有些精神疲劳,显得十分焦躁。等他回过神来,才发现自己呼吸急促,肩膀微微起伏。

清霞停下手中的战斗。他想着,如果自己真死了,美世会怎么想呢?会哭吗?还是说,会在薄刃家幸福地生活呢?会把他忘了吗?

清霞闭着眼,懊恼地咬着牙,一滴汗水从额头上划过。

"老爷!"

清霞好像听到了美世的声音。

应该不会吧,这里很明显不是现实啊。在这里听到美世的声音,是幻听吗?还是异形为了迷惑清霞使出的伎俩?

清霞不由得苦笑。

他苦笑自己现在这么胆怯吗?竟沦落到下意识寻求未婚妻帮助的地步了。

"老爷!"

啊,又听到了。

自己居然这么脆弱,清霞这么想着,收起了脸上的苦笑。

"老爷,请不要再打了。"

"美世?"

这声音十分清晰,又离得很近,清霞吃惊地转过头来。

眼前的这个人穿着一身巫女的衣服,黑色的长发飘舞着,一双澄澈的眼睛像火山石一样闪闪发亮,确实是清霞的未婚妻。

她直勾勾地仰视着清霞,缓缓抓住了他空着的那只手……微微的温热从这只粗糙的手中传来。

"老爷。"

"你真的,真的是美世本人吗?"

"是的。"

美世毫不犹豫地点着头。

清霞也不知道自己是怎么了,居然相信这种幻觉。虽然对此有怀疑,但他却不由得放下了军刀,紧紧地抱住美世纤弱的身体。

"美世……美世!"

"老爷!"

啊,真的是这样啊。

尽管不愿承认,但清霞好像真的有些害怕。他甚至都不知道自己现在是生还是死,只能不停地战斗。

不过,她身体的温热让清霞感到安心。

"美世,真的是你吗?"

"是的。"

"你怎么会在这?"

"我来接老爷。"

"我没死吗?"

"当然了!"

听到美世这么用力地说话,清霞不禁笑了出来。

"当然?"

"对啊。要是老爷死了,那我或许会因悲伤过度随您而去。"

"千万不要。"

不过,清霞知道自己和美世都还活着,确实很高兴。

说罢,清霞放开美世,捡起军刀,朝着背后的怨灵横扫。

不管怎样,如果不能解决掉接二连三出现的怨灵,他们都没法静下来好好说话。

"真是的！可恶！美世,你知道怎样才能回归现实吗？"

"嗯,那个……可能吧。"

刚才大义凛然的美世,现在又不自信地垂下了睫毛。不过没一会儿,她就果断地向前走到清霞旁边,和他并肩站在一起。

"怎么做？"

虽然有点窝囊,但清霞现在无法依靠自己打破僵局。就在他询问美世的时候,新一波的怨灵又出现了。

美世按着胸口,盯着这些怨灵,然后用微弱到几乎听不到的声音说道:"老爷,握住我的手。"

"好的。"

握住美世的手后,清霞知道她安心了,她原来僵硬的肩膀也放松了下来。

在月光的映照下,安静地伫立在此的未婚妻神圣而纯洁,美丽极了。清霞想着这些,不禁有些动容。

美世的做法非常简单。

"消失吧！"

她只说了一句话,立即有了效果。

无数怨灵瞬间化作一缕青烟,就此消散。让清霞那么疲于应战的怨灵真的在一瞬间消失了。

清霞极为震惊,沉默良久。

"美世,刚才那是……"

"我也不太清楚,好像是见梦之力。"

见梦之力是在人的睡眠中无所不能的异能。

如果他们现在身处清霞的梦中,那确实属于见梦之力的范畴。美世能够来到这个地方,怨灵能够被消灭,也都说得通了。

只是清霞不知道美世是什么时候学会这项异能的。

"这么说,你已经完全成为一个异能者了吗?"

听到清霞的自言自语,美世吃惊地瞪大了眼。

"哎?"

"怎么?"

"没、没什么……也不知道为什么,被你这么一说,我也觉得很不可思议。"

美世皱着眉,微微歪着头。

她好像也没怎么考虑过这件事。虽然在清霞看来,她和从前大不一样了,但事实似乎并非如此。

不管怎么说,现在的清霞彻底松了口气。

美世和清霞就这样手牵手走在漆黑的夜路上。

虽然只能依赖月光照明,美世却没有一丝不安。她独自走在这条路上的时候,明明感到非常害怕,不过现在因为清霞在身边,心情就好了很多。能够再次见到清霞并且把他从泥沼救出来,美世的心里总算踏实了。

"好安静啊。"清霞感叹道。

这里只有他们俩,安静到只能听到虫鸣和流水的声音。

清霞想起了那个夜晚,那个他和美世并肩而坐的赏月之夜,虽然现在的状态和那天完全不一样。

"不过,有点寂寞啊。"

"是啊。这就是我的梦境吗?"

"啊,是的。我觉得应该差不多吧,其实具体情况我也不知道。"

很多事情美世都不明白,而且到目前为止,她都没有使用异能的真实感受,她只是祈祷着能帮上清霞的忙。

所以,虽然被称为异能者,但她觉得这个身份和自己毫无关系。

"老爷……"

"怎么了?"

美世想把那件最想说的事情说出来。

一定要现在说,只有现在这个机会了。

"对不起。"

美世停在原地,深深地鞠了一躬。

为她犯下的一大堆错误。

清霞温柔地接受着一切。可美世只顾自己,完全不能理解清霞的想法,甚至还在心里的某个角落想着:他不理解我。美世觉得自己太愚蠢了,就此打住吧。她对这样的自己十分厌弃。

她不知道清霞会怎样回答,甚至有些害怕,不由得闭上了眼。然后,她听到上方传来微弱的叹气声。

"该道歉的应该是我。"

"哎?"

"抱歉。"

美世抬起头,看到清霞的眼神飘忽不定。

"之前是我太激动了,说了些不讲理的话。虽然没想着要伤害你,但这话听起来只是像个借口。"

"没有!"

美世用力地摇着头。

"是我不好。老爷对我明明已经很温柔了,可我却没有珍惜。"

"没有这回事。"

"我根本就抓不住重要的东西,学习也是如此。任性地提出要学习,一头扎进去,其他什么都不顾了。想要自己一个人解决所有问题,最终却什么也办不到……"

美世说着说着,心情变得有些低落。

她希望拥有家人,希望成为别人的家人。可最无法理解家人这一概念的正是美世自己。她独自消化着自己的情绪,无法开口说出那些重要的话,就连清霞和叶月主动走近自己这样的好机会也浪费了。

现在,她终于意识到,不能要求哪一方单方面主动,只有双向奔赴,才能成为一家人。

"对不起。我之前说的不管在老爷身边还是在薄刃家都可以之类的话,全是假的。如果您能原谅我,我想永远待在您身边。拜托,就让我一直陪着您吧。"

美世鼓起全身的勇气向清霞吐露出真心。

她害怕自己被嫌弃、被厌烦。

如果在坦白心意后被拒绝的话,那她将无法再振作起来。可是只原地踏步不向前走的话,就无法构建起人与人之间的信赖。

清霞沉默良久,呼了一口气后,放松了僵硬的肩膀。

"就算你不说,我也是这么打算的。"

"老爷……"

"如果你愿意选择这样的我,可以回来吗?你真的愿意选择我,而不是薄刃家吗?"

美世热泪盈眶。她不禁怀疑,事情真能如自己所愿顺利发展吗?还是说,这只是自己的一场美梦?即便如此,她心里也有了答案。

"是的。还请您多多关照。"

虽然美世已经开始逐渐喜欢薄刃家的那两个人,可终究还是不一样,她想去的地方,想陪伴的人,并不是他们。

美世眼含热泪,突然感到有只大手轻轻地放在了自己头上。

"太好了!我还在想你要是不愿意的话该怎么办呢。"

"我绝对不会这么说的!"

清霞开玩笑般说道:"谁知道呢。不过……"

"嗯?"

"其实,我本打算去薄刃家接你的,可现在却成了你来接我,实在是不够帅气啊……"

看到清霞垂着肩失落的样子,美世忍不住笑出了声。

因为她看到了平时潇洒磊落的清霞少有的一面。

"没关系的。不管什么时候,老爷都特别帅气。"

"是吗?"

清霞神情微妙地回应着美世。他们二人紧紧握着对方的手,迈着坚定的步伐,在黑暗中前进。

美世终于睁开了沉重的眼皮,眼前全是模模糊糊的褐色木纹天花板。不仅是眼皮,她感到全身都沉重无比,大脑还无法正常运转。

她盯着天花板呆呆地看了几秒。

"醒了吗?"

清霞突然探过头来看着美世。看到他那张虽然刚起床但依然俊美的脸庞,美世冷不防地心跳加速。

"老、老爷……咳咳!"

"冷静一下,先别急着说话。"

美世因为起得太急,咳嗽不止,清霞轻轻地摸着她的背。

"老爷,你已经没事了吗?"

美世边说边上下打量着帅气的未婚夫。

清霞还穿着睡觉时穿的浴衣,披着头发,好像刚刚睡醒。他的脸色看起来不太好,还像个病人,不过语气镇定、表情平和,已经恢复了意识。

"虽然很想说没事,可没想到身体会这么沉重啊。"

清霞吃力地喘着气,把头发拨到耳后。

从他迟缓的动作来看,确实如他所说,身体还没有恢复正常,不过还算有精神。

"太好了。"

"让你担心了。"

"呜呜……"

美世泪如雨下。

直到刚才,美世心中都充满了恐惧与不安,几乎无法呼吸,现在终于可以放心了。

"别哭了……都怪我。"

清霞随即把美世的头抱在怀里抚摸着,像哄小孩一样……美世则紧紧搂住清霞,号啕大哭起来。她事后想想,觉得有些不得体。

"好了,别哭啦。"

"老、老爷。"

"怎么了?"

"那个,您这样把我当成小孩子似的,有点……"

美世止住眼泪之后,一股强烈的羞耻感涌上心头。她想从清霞胸口前把头抬起,却怎么也抬不起来,想走也走不了。

不过美世委婉的抗议一点也不奏效。

"因为我只有这么做,你才能不哭啊。"

"才、才不是。"

她回想了一下,好像她之前大哭的时候,清霞也是这样安慰她的。

她觉得很难为情。被抱着、被摸着头才能不哭,真的就像是个小孩子。她已经十九岁了,而且这已经是第二次了,实在是不该。

美世想找个洞钻进去。

"那什么,打扰一下,你们俩……"

叶月略带笑意地打断了两人的对话。这时,美世才猛然回过神来。

如果这里是现实中的家,那大家应该都在,她居然把这些忘得一干二净。也就是说,自己和清霞在大家面前……

美世反应过来后,羞耻感从脚尖窜到头顶。她浑身发热,因为这次她差点就大叫出来了。

"哈哈。看到你们重归于好,我就安心啦!"

"是啊,太好了。"叶月和百合江说完后,一旁的五道也附和着,"不过对单身的人来说有点辣眼睛。"

"什么?五道君居然从不拈花惹草?太意外了。那你平时一副轻薄的样子,难道是演出来的?"

"……"

因为一志多余的一句话,他和五道两人差点再次扭打在一起,清霞赶忙说了句"你们啊……"。虽然声音很小,但他们马上停了下来。

"稍微安静点吧,美世都要晕过去了。"

"没、没……"

虽然她没有要晕倒的感觉,但这种羞耻感让她暂时无法释怀。

"美世。"

一直在旁边沉默不语的新,突然冷冷地唤了一声。

"新先生……"

"看来我的职责已经被罢免了,我准备回去了。"

新的脸上没了平日里的笑容,就只是这么平淡地说着,美世不知如何回应才好。

其实,她想让新留在这里,但又觉得挽留他也不太对。

"再见。"

"新先生,谢谢您。"

美世笔直地站好,满怀感激地向新鞠了一躬。

已经转身准备离开的新扭过头来,看着她苦笑着。

"不用谢,我只是在做我想做的事。"

"好吧……还有就是,我不能和你一起回去了,对不起。不过,要是需要接受惩罚,请您一定告诉我。真到了那个时候,我也会作为薄刃家的一员,一起接受惩罚的。"

"我知道了。"

新点了点头,拉开隔扇准备离开。这时,清霞把他叫住了。

"鹤木新。"

"怎么了?"

"我会再次向你发起挑战的,下次我可不会输了。"

"是吗?那你好好加油吧。"

新笑了笑,转身离去。

第五章　揭晓真相的宴会

在清霞平安醒来、美世回来之后，又过了几天。

闷热的八月也结束了，时间来到九月。立秋后，天气也会让人热得受不了，但偶尔刮起的略带凉意的风，则让人感受到秋天的来临。

终于到了宴会这天。现在，美世在久堂家自己的房间里做着准备。

"哎呀！太配你了。小美世，你太漂亮了。"

发出感慨的是美世的老师，也就是马上要成为她的大姑子的叶月。

美世穿的是一件深红色的振袖，上面印着翩翩起舞的蝴蝶，白色和黄色的大朵鲜花优雅地绽放着，腰间系着一条金丝点缀的腰带，化着端庄而又华丽的妆容，这样的她比平时更多了几分成熟。

这套和服是为了今天的宴会新置办的，由绸缎庄"铃岛屋"的老板娘桂子专程送来。她和百合江一起为美世换上，都对美世穿上后的效果赞不绝口。

"美世小姐很适合穿浅色衣服,不过换上这样的深色服装,一下子就显出成熟女性的美了。"

"嗯,嗯。真的是,太美了,我实在忍不住要赞叹一番。"

看着这两个不同年龄段的大龄女性叽叽喳喳地欢闹不停,美世只好在一旁赔笑。

她也不清楚自己这副打扮到底好在哪里,她只担心有没有穿反和服。她很清楚,以自己朴素的容貌,很可能配不上这奢华的和服。

"小美世能穿振袖的机会可不多了啊。这种集单纯和成熟于一体的美感,只有现在这个时候才会有。"

"真不愧是叶月小姐,太懂行了!可不是嘛!我一想到美世小姐只有现在能这样打扮,就觉得太遗憾了。不过正是因为这种依依不舍和稍纵即逝,才更觉衣服的美丽。"

听到叶月的这番话,桂子两眼闪闪发光,发表了一通热情洋溢的演说。大概她平日里就是这个样子吧,所以美世才没有感到惊讶。

比起这个,听到叶月说自己能穿振袖的机会不多了,她才意识到婚期将近,面颊竟有些微微泛红。

"不过,叶月小姐也非常美啊。"

"哎呀,是吗?谢谢啦,小美世。"

他们原计划今天汇合后一起去参加宴会,所以叶月早就准备妥当了。

她穿的是一件带蕾丝的橙色礼服,有些紧身,能够完美凸显出她的苗条身材。浅色的头发高高盘起,裸露的后颈更觉娇媚,尽显成熟女性的魅力。就连同为女性的美世都看入迷了。

准备好后,四个人一起来到会客厅,已经换好军装的清霞早就等候在这里了。

这一个月以来,他恢复得很好,也比美世想象中康复得更快。他甚至因为感到自己的身体还有些沉重,马上开始锻炼。

清霞的皮肤一如从前般白皙透亮,不过已经不是大病初愈时那样了。

"老爷,让您久等了。"

"哦……"清霞转过头来,若无其事地回应着。他看着这样的美世,一时间竟忘记了呼吸,呆住了。

"哎呀,我这个傻弟弟的眼睛被钉在未婚妻身上了。清霞,怎么样?小美世很好看吧?"

"是啊。"

叶月一边怪笑着一边问,清霞点了点头。

"美世,你真漂亮。"

"谢谢您。"

被清霞这么直接地称赞,美世有点不好意思。她本来还因为不确定这样穿是否合适而不安,但现在,她觉得这么打扮真是太好了。

"来接我们的车已经到了,走吧。"

清霞向美世伸出一只手。美世像叶月教她的那样,把自己的手搭了上去。

这时,她想起有句话忘说了。

"老爷。"

"怎么了?"

"老爷也很帅气。"

"……"

本以为清霞一定会回一句"是吗",可不知什么原因,他扭过头去,用空着的那只手扶着额头。

从走出家门到坐进车里前,一路沉默不语的清霞终于忍不住开口了。

"你不要突然说这些……"清霞小声说道。

"对不起。"

"没事的,小美世。他只是害羞而已,不用理他。"

美世不明所以地说了道歉的话后,叶月从后面追上来,直接抛出这么一句。

清霞气得皱起了眉。

"姐姐你闭嘴吧。"

"什么呀,我说的难道不对吗?"

"好啦好啦,你们姐弟俩回家再吵。"

百合江劝了一句后,这两人立马不说话了。

美世见状不禁笑了出来,她感觉到自己心中再没有了之前的那种羡慕与嫉妒。

以前看到清霞和叶月可以无所顾忌地聊天,美世心中总是闷闷的,但现在没有这种感觉了。

美世松了一口气。现在的她可以坚定地说出自己能够和他们成为亲人。

"嗯……百合江婆婆,那我们走啦,你早点回吧。"

"我们走啦。"

"我们走了。"

"好的,路上小心。"

在百合江和桂子的目送下,美世等人乘坐由久堂家用人驾驶的汽车前往会场。

"小美世,你紧张吗?"

"嗯……特别紧张。"

从薄刃家回来之后,美世边休整边努力学习。在家休养的清霞也时刻监督着她,以防她过度勉强自己。

美世稍稍专心学习一阵,清霞就马上让她休息,所以她根本没有拼命的机会。

不过也多亏了这样,美世才能既不损害身体,又正常学习。而且叶月也保证,她已经把自己会的都教给美世了。

虽然美世多少自信了些,但面对宴会这种正式社交活动,还是紧张得要命。

"不用紧张,今天的宴会规格不高,好像也没有什么死板的规

定。你就和姐姐待在一起,应该不会有需要你出面应酬的机会。"

"也、也是啊。"

"没错,除了正常打招呼,你应该不用怎么开口的。"

美世确实想把学到的那些礼仪规矩都用上,但这是她参加的第一场宴会,不出任何意外才是最重要的。

所以,她今天就老老实实地在一旁学习就好。

会场是帝都的一个小型会所。

因为不是舞会,所以会场面积不用太大。宴会采取的是国外常见的站立式自助模式,准备了丰富的食物和酒水,可供来宾们畅饮畅谈。

"总之,只要学会了我教你的知识,就没什么能难倒你的了。要相信自己。"

"好的,我会努力的。"

美世握紧拳头给自己打气。

"你这样把自己逼得太紧了。既然已经到了这一步,那就顺其自然吧。"

她们说着说着,就来到了会场。

美世下了车,抬头看着这幢楼,惊讶得说不出话。

这就是小型……会所吗?和她想象中的完全不一样。

这是一幢气派的二层西式建筑,规模很大,装修奢华。

洁白无瑕的外墙上嵌着厚实的双开式大门,屋内各处都用黄金巧施细工,巨大的玻璃窗被擦得透亮,反射着太阳光,闪闪发亮。地上铺着软绵绵的地毯，天花板上吊着精雕细琢的水晶灯，仿佛一碰就会坏掉。

这里的一切对美世来说都非常陌生，即使以前听人提起过，但亲眼见到后仍让她有些胆怯。

"哎，小美世，我们已经到会场了，就按我教你的那样试试看吧。"

叶月轻轻地拍了拍美世的后背，这才让她回过神来。

也是，现在可不是发呆的时候。周围还有其他宾客，美世已经处于众目睽睽之下了。

"挺胸，不要驼背。动作要轻柔，要有自信。"美世在心里反复默念着。

清霞毫不在意旁人的目光，挺胸抬头地向前走着。美世跟在他后面有半步的距离，强装镇定。

仅仅就是走几步路，美世也因担心自己做不好而感到不安。但上下楼梯的时候，清霞总会像鼓励她似的温柔地握住她的手，这让美世放松不少。

"走吧。"

"好。"

美世坚定地点着头，随清霞步入会场。

这里仿佛是另一个世界，令人感到惊艳。

从外面看，这似乎是两层楼，进来后才知道并没有两层，而是一个两层楼高的空间。大门的正对面有一个拉开着幕布的舞

台,其他几面都有露台。

会场内摆放了很多铺着纯白色桌布的餐桌,上面摆着美世从未见过的豪华餐食和高级酒水,来宾们已经开始享用了。

美世他们一走进会场,就引起众人注目。

"美世,没关系的。"

美世鼓励着自己。没关系的,毕竟她都那么努力地学习了,只要按叶月教的做就没问题。

"小美世,你们去和大家打个招呼吧,我得去和认识的人寒暄一下,要稍微离开一会儿。你要好好加油哦!"

叶月的离开让美世感到心里没底,可是也没什么办法。

美世只好用力地点了点头。

"好、好的!姐姐。"

美世抬着眼战战兢兢地说着这句话。

叶月听后脸颊泛红,微笑着说道:"我太高兴啦,不过,这、这也太突然了……清霞,你可绝对不能离开小美世啊,听到没有?"

"噢,知道了。"

叶月滔滔不绝地嘱咐了一通之后,潇洒地转身走开了。美世和清霞目送着她的背影,突然听到——

"啊,队长。"

"五道。"

五道好像来了有一阵了,他挥着手朝这边走来。不紧不慢的五道,以及听到他的呼唤后露出痛苦表情的清霞,他们还是老样子。

即便在这种时候,美世依旧保持微笑。

"呀,美世姑娘,您太漂亮了。"

"谢谢您。"

"事实如此嘛。真好啊,队长,真羡慕您。"

"真是的,你啊……"

五道显然没有在意清霞说了什么,他一拍手,"啊,对了。您还没有去和大海渡少将打招呼吧?我刚刚还看见他在那边。"

"是吗?对了,我没见到那家伙。"

"那家伙?"

听到五道这么说,美世一脸疑惑地歪着头。不过清霞似乎马上就想到了。

"你是说一志吗?"

"啊,饶了我吧,可别再提这个名字了!要是被他听到了,可怎么办啊?"

"你们俩……看来关系真的不怎么样啊。"

这么说来,对于他们二人扭打在一起的情景,美世仍记忆犹新。

在美世的印象中,五道和一志都喜欢拈花惹草,本以为他们会有共同语言。这大概就是所谓的同类相斥吧。

"那家伙可真是惹人生气的天才啊。他那种人怎么会是破解法术的专家?身份肯定是假的吧。"

"可别这么说,你们以后还要经常一起工作。"

"你可饶了我吧。"

　　五道的抱怨真的令人无法产生同情。美世和清霞抛下他，朝大海渡的方向走去。

　　"你应该知道大海渡少将吧？"

　　"嗯，以前听五道先生说起过。他的职位相当于老爷的上司是吧？"

　　"嗯，他负责监督对异特务小队的工作，是这次宴会的主办人。"

　　美世也是最近才听叶月说的，这场宴会是由军人世家大海渡家主办的。大海渡家的现任当主大海渡征，于私于公都和清霞关系不错，所以不管遇到什么事情，他都能帮得上忙。

　　"我紧、紧张。"

　　"他看起来比较严肃，其实非常温和，你不用担心。"

　　"嗯。"

　　话虽如此，美世似乎还是无法控制自己的紧张情绪。

　　这时，不知从哪传来一声孩子发出的呼唤。

　　"清霞舅舅！"

　　舅舅？

　　美世还是头一次听到有人这样称呼清霞，她吃惊地转头望向那里。

　　只见一个十岁左右的男孩儿小跑着过来。他的穿着十分得体，黑色运动夹克配短裤，非常可爱。他抬头看着清霞，大大的眼睛闪闪发亮。

　　美世觉得他长得有点像某个人……

是谁呢？

美世一下子想不起来，答案在脑海中若隐若现。

"啊，旭，好久不见呀。"

看来他们确实认识。清霞露出了少有的微笑，弯下腰抚摸着男孩儿的脑袋。

"过年以后就再也没见面了！"

"是啊。"

"旭！不是和你说了不要在会场上跑来跑去的嘛！"

一个身穿军装、身材高大、横眉立目的男人从旭身后追来。他大概是旭的父亲吧，可他们长得一点都不像。

"大海渡少将。"

"清霞，抱歉啊，旭没给你添什么麻烦吧？"

"没有，我们就说了几句话。我才该和您道个歉，一直没来得及和您打招呼。"

"没事，你不也刚到吗？"

为了显得不太失礼，美世站在清霞身后悄悄打量着眼前这个魁梧的男人。

他的年龄大概是四十岁，个子很高，肩膀宽厚，体格健壮，在人群中格外引人注目。他虽算不上美男子，但也是精明强悍，有一种与生俱来的威严。

原来如此，美世终于理解为什么有女人说他恐怖了。

"阁下，这位是我的未婚妻，斋森美世。"

"初次见面,您好。"

清霞介绍完,美世缓缓地鞠躬致礼。

他看起来似乎也不怎么严厉,可如果一个不小心给清霞的上司留下了不好的印象,美世一定会非常懊悔。

她心里的确是这么想的,不过好像有点杞人忧天了。

"把头抬起来吧,我不喜欢说话时看不到对方的脸。"

"好、好的。"

"初次见面,我是大海渡征,这是我儿子旭。旭,打个招呼。"

"你好,我是大海渡旭。"

旭以小孩子特有的略微高亢的声音介绍着自己。他比刚才安静了许多,很讨人喜欢,美世的心也跟着柔软起来。

"我是斋森美世……请、请多多关照。"

没怎么和小孩子相处过的美世有些尴尬地笑了笑。

虽然叶月教过美世,和小孩子相处不必太过拘谨,可一到关键时刻,她就不知道该如何把握分寸。

"嗯,真是一位非常美丽的女性啊。恭喜你,清霞。"

"您在说什么啊?"

清霞绷着脸,对大海渡调侃的话语表示不满。

就算是反应迟钝的美世,只在旁边听着,也知道这两人的关系应该不错。

不过,他们俩似乎都不太擅长聊天,有一搭没一搭地你一言我一语,让人听了大为震惊。

"清霞,那件事之后身体还好吗?"

"托您的福,已经完全康复了。"

"抱歉啊,没去家里看你。"

"没事的,能收到您的慰问品就足够了,谢谢您。"

清霞休养期间,送到家中的慰问品出乎意料的多。寄送人有军队的同事,有亲人,还有朋友。

总之,数量庞大到不知该如何处理。

印象中,大海渡送来的是一块别致的手帕,比水果之类的食物更实用。

清霞认为,大海渡不愧是身处高位的人,送礼时还为对方考虑,实在难得。

"是吗……你回归岗位后一定很忙吧?我也比之前忙了不少,这场宴会差点就办不成了。"

"这我倒是头次听说。"

"因为有好多事情都不能公开。告诉你也可以,不过我可能会因此被骂。算了,你还是以后再知道吧。"

"哎呀,哎呀。"大海渡失望地垂下了肩膀。

美世听不懂他们在说什么,清霞好像也同样一头雾水,两人面面相觑。

这时,旭又大声叫了一句。

"啊,是母亲。"

"哎,等一下。"

大海渡抓住想要再次跑开的儿子的后衣领。被限制在原地不能走开的旭嘟着嘴，一脸不满。

"父亲，母亲在那里。"

"我知道，但是别用跑的，小跑也不行。"

"嗯。"

大海渡抓着旭，叹气道："这个淘气包，太让人费脑筋了。真是的，也不知道像了谁。"

"您说呢？"清霞眯着眼怪笑道。

"很明显吧，像旭的母亲啊。"

"哎呀，你们在聊什么啊？"

二人的聊天突然被打断了。美世对这声音很熟悉。

她扭头一看，发现站在那里露出美丽笑容的人居然是叶月。

"母亲！"

旭挣脱了大海渡的手，开开心心地一股脑奔向叶月，两人紧紧抱在一起。

"旭，有好好听话吗？"

"嗯，我有很用功地学习和练武哟。"

"是吗，你太能干啦。"

叶月是母亲，旭是儿子，也就是说……

美世一开始就觉得旭长得像某个人呢，现在他俩站在一起，一目了然了。原来叶月小姐的前夫是大海渡大人。她生下的那个孩子就是旭。这些都和叶月之前说的那段经历吻合。

不过,老实说,美世一开始还不太相信叶月是一位母亲,但目睹了这一切之后,完全信服了。

"老爷。"

为了不被大海渡等人发现,美世轻轻地拽了下清霞的袖子,小声叫他。

"怎么了?"

"叶月小姐和旭,真的长得太像了。"

"是啊。旭那么淘气,想必也是随了姐姐。"

确实,美世觉得如果叶月还是个孩子的话,肯定是个淘气包。就连现在,她偶尔也表现得天真烂漫且精力过剩。

"那个……什么……你还好吗?"

听到大海渡无意间的这一问,叶月呆呆地眨了眨眼,然后微微一笑。

"嗯,当然好了。倒是你,有没有好好吃饭、好好睡觉呢?忙一些也没什么不好的,可要是把身体搞垮了就得不偿失了。"

"你是在担心我吗?"

"当然喽。我看起来是那种薄情的女人吗?"

"不是,我不是那个意思。"

"母亲,我有好好监督父亲哟。"

"哎哟,谢谢你啦。旭越来越靠得住啦。"

这三人轻松愉快地说着话,和普通的一家三口一样——没有任何矛盾、幸福美满的一家人。美世实在无法相信,大海渡和

叶月已经离婚了。

这么说起来,叶月谈起自己的过去时,从没有表现出对前夫的憎恶和怨恨,反而因为珍惜对方,对离婚感到后悔。美世此刻终于恍然大悟。

"美世,你怎么了?"

看着陷入沉默的美世,清霞十分担心。他的温柔在不经意间慢慢地包围着美世。

美世的眼中莫名地噙满了泪水,她拼命忍着。

"没什么。"

"是吗?"

"我只是觉得,大家都很幸福,真的太好了……"

美世从叶月他们的表情里明白了一件事。

这个三口之家和普通家庭不太一样。不过,对他们来说,这或许是最好的相处模式。

就算夫妻二人离了婚,家人之间的联结也不会因此而消失。这一定是因为互相思念的缘故吧。

"只要不是太严重的事,亲人之间的纽带是不会消失的。"

啊,真的是这样。

原来,亲情并没有那么脆弱。美世今天亲自印证了,她备受感动。

宴会非常热闹。酒过三巡后,宾客们的兴致起来了,一起欢闹说笑着。

宴会中途进行的文艺表演将现场的气氛推向高潮。紧跟着清霞和叶月的美世一直扮演着倾听者的角色,现在也逐渐适应了会场的气氛,乐在其中。

"怎么样?宴会挺不错的吧?"

"嗯,习惯后还是挺有趣的。"

美世和叶月并肩站在一起,喝了一口杯中的水,感觉整个人轻飘飘的。

虽然这么说,但她无法像叶月一样自信地在会场中昂首阔步、谈笑风生。

在融入宴会的氛围之后,美世发现她还有好多需要学习的东西。而且前来搭讪的陌生男子比预想的要多,这也让美世感到非常为难。

"哎呀,清霞往这边走了。"

"真的是……"

刚才一直在和其他男宾客交谈的清霞朝她们这边走来。

美世轻轻挥了挥手,清霞却不经意地看向了其他地方,不过美世也不生气,反而觉得有些好笑。因为她知道,清霞只是害羞了。

"美世,这宴会怎么样?"

"我刚才也问了小美世同样的问题。"

叶月对于清霞的问话感到非常惊讶。美世忍不住笑了出来,

他们俩今天已经好几次这么尴尬了。

"谢谢您这么关心我。我已经慢慢地开始享受了,您放心吧。"

"是吗?太好了……姐姐,我可以稍微借一下美世吗?"

"可以啊,你们去吧。"

美世再一次跟随清霞在会场内走动。

"咱们去哪呢?"

"去见一个无所不知的厉害人物。"

美世立马就明白了,无所不知指的是关于薄刃家和奥津城的一系列事情。可是,了解这一切的人到底是谁呢?如果是大海渡,在刚才打招呼的时候就该提起了。

莫非这就是大海渡繁忙的理由吗?

美世一边思考着这个问题,一边疑惑他们要去往哪里。

她随着清霞离开宴会厅,向大楼后面走去。

他们走了一会儿,来到一扇巨大的窗户前,窗外是露台。

他大概并非世间凡人吧。让人产生敬畏感的这位人物微笑着品尝着杯中的酒。

"这位就是斋森家的女儿吧?"

"是的。她是我的未婚妻斋森美世。"

"您、您好,初次见面。"

初次见面这种寒暄用语,今天已经重复使用过好多次了,可她还是有些嘴瓢。不知不觉间,整个人被紧张完全吞噬了。

多亏清霞陪在身边,她才能勉强撑下去。

这时，清霞轻轻地在美世耳边私语。

"这位大人是天皇的二皇子——拥有天启能力的尧人殿下。"

"陛下的……"

原来是这么回事。怪不得美世总觉得在哪里听过这个名字。

对方要是皇族的话，她一定会在杂志或报纸上看到过他的名字。

美世的脸色肉眼可见的愈发苍白了。

尧人微笑着说："无妨、无妨。"

"无须如此拘礼。如汝等所见，现在吾并不是天皇之子，只是清霞儿时的玩伴尧人。"

"可、可是……"

"美世，没关系的。"

"好、好吧。"

话虽如此，可不习惯此种场合的美世还在担心自己会在无意中做出失礼的举动。

因此，她暗自决定尽量保持沉默。

这时，美世终于有机会看到一直站在尧人背后侍候的那位人物的脸。

原来是大海渡大人。

她和今天刚认识的这位身材高大的军人以眼神互相致意。

美世猜想，已经这个点了，大海渡应该是让旭先回去了。他是军人，所以需要担任尧人的护卫吧。这里的警备力量看起来

也有些不足,但如果是秘密行动,也只能如此。

"汝等入座吧。"

在尧人的邀请下,清霞在他旁边坐了下来,美世则坐在一旁的单人椅上。

美世尽管心存畏惧,但皇子的邀请也不好拒绝。总之,不管做哪种选择,她的心脏都有些承受不了。

"清霞,来一杯吧?"

"谢殿下款待。"

清霞恭敬地拿起酒杯,饮下杯中的酒。

"斋森家的女儿,汝也喝点吧?"

"啊、额、那个,我……"

叶月曾提醒过美世不要喝酒,但此时又难以拒绝。

在她内心挣扎且不知该如何回答之时,清霞向她伸出了援手。

"尧人殿下,她还不习惯喝酒,让她喝点别的吧。"

"这样啊,那便让人准备些甜味饮品吧。"

总算脱离了危机,美世松了口气。

马上就有人送来了饮品。

玻璃杯中盛着略显黏稠的琥珀色液体。美世尝了一口,似乎是某种又甜又苦的浓缩果汁,被水稀释过后又加了些蜂蜜。这种甘甜的味道渗入她身体的每一处。

"那么,该从哪里说起呢……"

"尧人殿下,这一切您都知晓,是吗?"

"差不多吧。但吾也不知道每个人心中的想法,所以不能说知晓一切。"

尧人这么说着,顺带瞥了一眼美世。

"给汝添了不少麻烦吧,薄刃家、斋森家……都是因为吾父,才打乱了大家原本的生活。"

美世听得一头雾水。

尧人的父亲是天皇。与天皇做交易的薄刃家暂且不论,就连斋森家也被打乱了,这是什么意思?而且,给美世添麻烦又是怎么回事?

清霞似乎也有些捉摸不透。

"也就是说,这一切的幕后黑手是……天皇。虽然这么说实属不敬。"

"正是如此。吾于汝等有愧。"

幕后黑手竟是天皇,真是骇人听闻。没想到,整件事情竟然如此复杂,真是令人难以想象、无法相信。

尧人摆弄着手中的酒杯,向远方眺望。

"父皇特别忌惮见梦之力。在其还是皇太子的时候就如此。"

如果拥有见梦之力的人拥有超高的天赋,或是勤加练习之后能够熟练掌握,这种异能的威力将会凌驾于天启之上。如果天启比不上见梦之力,那天皇自己和皇族都会失去现在的地位。很久以前,天皇就有这种危机感。

"不过,只要没有拥有见梦之力的异能者诞生,就不会有威

胁。虽然父皇也会忌惮薄刃家,但没有打算采取任何实际行动。然而,薄刃澄美出生了。"

在澄美的精神感应觉醒之后,薄刃家开始期待她能生下一个拥有见梦之力的孩子。

与此相反,天皇担心的是,如果拥有见梦之力的异能者真的诞生的话……此前,他仅仅是不安,现在又觉得极其真实,好像实体出现后,随时都会发动攻击似的。

莫非……

美世沉思着。

莫非,这次的事情和那么久远的事情有关?

"既然如此,父皇大概正在策划如何削弱薄刃家的势力。"

总之,即使薄刃家生出了拥有见梦之力的异能者,只要让这个家族完全没落,就不会构成太大威胁。薄刃家的势力此前也受到过打压,但天皇觉得不够。

清霞吃惊地瞪大了双眼。

"或许,鹤木贸易有段时间经营不善就是因为……"

"好像就是父皇一手操控的。父皇在背地里动了些手脚,促使鹤木贸易运作不良。那些都是足以让企业彻底败落的手段。"

"然后就如天皇所愿,薄刃家沦落到过着有上顿没下顿的生活,是这样吗?"

"好像是。"

正如天皇所期待的那样,薄刃家被逼到快要灭族的境地,可天皇依然不满足于此。

"然后,父皇又害怕薄刃澄美与薄刃家的人结婚。因为这样一来,就会生出具有纯正的薄刃家血统的孩子。"

"你的意思是血统越纯正就越容易生出拥有见梦之力的孩子?"

"至少父皇是这么想的。所以无论如何,其都必须阻止薄刃家族的内部通婚。"

不过,天皇还没有愚蠢到让薄刃家的血脉流失到与异能完全无关的其他家系中。此时,浮现在天皇脑海中的,是异能者诞生数越来越少、未来明显会运过势衰的斋森家。

"随后,父皇向斋森家说明了见梦之力的情况,又给了其等一笔巨款,唆使其子辈迎娶薄刃澄美。只要把拥有见梦之力者同薄刃家强行分开,不论薄刃家是就此没落还是重新振作,都无所谓。或者说,父皇从一开始就计划好了这一切……虽说其是吾的父皇,但其的执念确实让吾无话可说。"

对斋森家来说,也只能接受。

能同时得到一笔巨款和珍贵的薄刃血脉,而且这一切还是天皇提议的,想必任何人都不会拒绝吧。

"之后的事情汝亦都知晓。"

薄刃澄美和斋森真一结婚后,生下了美世。之后澄美将美世的见梦之力封印,除澄美外,所有人都认定她没有异能……甚至连天皇也这么认为。

尧人顿了顿，一口气喝下杯中的凉酒。

"我大概明白了。美世离开斋森家后，封印解除，陛下也就觉察到了她的异能了吧？那奥津城事件是针对我的吗？"

清霞这么说着，叹了口气，将杯中剩余的酒一饮而尽。

"这个嘛……"尧人薄薄的嘴唇向上翘起，呈月牙状，"汝等订婚后，汝自然成了父皇的目标。因为久堂家要是和见梦之力结合起来，那对父皇来说将是前所未有的威胁。释放奥津城的怨灵，是为了把汝等分开，然后把罪责推给对异特务小队，让汝下台。如果碰上好机会的话，就要了汝的命。"

"事实上，奥津城那边确实相当危险。那让薄刃新协助我又是怎么回事？"

"那只不过是为了把汝和美世分开的缓兵之计。父皇的计划应该是让薄刃家与久堂家对立，最终两败俱伤。"

可是，清霞总觉得有些不对劲。

从尧人说的这些来看，感觉天皇陷入了十分焦急的状态，像是一定要达到一举两得，甚至是三得的效果。

大家似乎都感受到了这种异常。

"没错，父皇确实很着急。吾接下来要说的话，希望各位不要泄露出去。"

"……"

"吾父，也就是当今天皇，已经失去了天启的能力。"

在场的所有人都惊愕万分。

拥有天启是成为天皇的必备条件。如果天皇已经失去了天启,那可就不仅仅是丑闻了。

这件事绝对不能外传。

"父皇病得厉害,连起身都很困难,现在只是在病榻上苟度余生。"

天皇失去了天启,身体也逐渐衰老。皇位和生命都到了或将不保的关键时刻。

人在这种状态下,确实会焦躁不安。

"父皇不愿让位,所以今后其还会被冠以天皇的头衔。至于天启,只好由吾代为执行。"

美世突然想起了新的话。

那个时候新确实说起过,天皇通过天启知道了对异特务小队将会很忙,并把这件事告诉了新。如果天皇就是这一切的幕后黑手,即便他真的失去了天启,也能说得通。这下,一切都理顺了。

美世这时才明白,原来新对真相一无所知。

"那个……"

听到美世突然开口,尧人和清霞同时望向她。

"尧人殿下。"

"嗯,怎么了?"

美世放下已经温热的杯子。

美世理解不了太过复杂的事情,刚才说的这些,她恐怕也没有完全听懂。但有件事,她必须要问。

"薄刃家和我表哥会受到惩罚吗?"

"惩罚?"

"是的。尤其是我的表哥,他和陛下做了交易,要按照陛下的指示采取行动。可他最后违背了旨意,帮了我……违背陛下的命令,就是谋反吧……"

现任天皇在驾崩之前,一直是天皇,也依旧拥有至高无上的权力。所以新违背命令的事实也会一直存在。

"确实如此。"尧人说道。

"薄刃家其实没错。是我太任性,还总想做些自己做不到的事,所以……"

"我知道。"

这个俊美的皇子浅浅地笑了一下。

"不必担心,汝及薄刃家都不会被问罪。首先,不管怎么看,薄刃家都是受害者,是因父皇的任意妄为而受害的。惩罚受害者,让如此珍贵的血脉受到损害,简直愚蠢至极。吾绝不会做出这等蠢事。"

"可、可是,如果陛下不予谅解呢?"

"别担心,吾不久将正式成为皇太子,之后应该会承担起天皇的所有职责。吾已经以疗养的名义,断绝了父皇与外界的一切联系,其现在什么都做不了了。"

不会被惩罚了!

听到尧人的这番断言,美世终于松了一口气,轻抚着胸口。

但此时清霞又插嘴问道:"薄刃家没有罪是理所当然的,但陛下……相当于被幽禁了吧?不会有人表示不满吗?"

"嗯,知情者中确实有这样的人。"

"那么?"

"清霞,其实吾对此事真是怒火中烧。"

这一瞬间,尧人散发出的冰冷气息,让美世和清霞,甚至大海渡都不敢呼吸。

"父皇的独断专行使无辜百姓做出了无谓的牺牲。水能载舟,亦能覆舟,父皇忘记了这个道理,为了一己私利为所欲为,这样的人不配继续做天皇。"

尧人的眼底充满了强烈的怒意。不过,他瞬间把怒火隐藏了起来,带着之前的微笑站起身来。

"抱歉,我好像过于激动了,差不多也该回去了。"

"我去送您。"

"主办者可以离开会场吗?"

"我一会儿再回来,您不必挂念。"

"那就有劳了。"

大海渡紧跟在尧人身后。

走了几步,这位美丽的贵人转身朝着沉默的美世和清霞说道:"今晚能和汝二人这么说话,吾很开心。下次再会。"

"是。"

美世站在清霞身边,默默地低头致意。

终章

烤炉上,烤鱼正在"滋滋"作响。

揭开温热的锅盖,一股水蒸气轻轻飘出,带着味噌汤的香气,弥漫在整个厨房。

今天的餐食有焖好的大米饭、野姜和豆腐味噌汤。美世把刚烤好的、香味四溢的鲭鱼干放在盘中,又依次摆入光泽透亮的煮芋头块和自己做的腌菜,再把盛食物的盘放入托盘,最后把配菜装入大号便当盒里。

美世今天试着做了最近流行的可乐饼,味道还不错。她看了一眼做好的早饭和便当,然后把托盘端进会客厅。

百合江今天休息。考虑到百合江年纪大了,而且美世完全适应了在这个家生活,清霞决定让百合江比之前来得晚一些,休息日也多一些。只不过这样一来,工资也就少了。

美世原本还担心会给百合江造成困扰,可她就像看到自己的孩子能够独当一面时那样欣喜地表示:"少爷和美世小姐都变得很出色了呢。"

"早上好,老爷。"

"噢,早。"

清霞正在看报,今天他穿的不是军装,而是一件衬衫。

美世感受着一如往常的清晨,感慨到久堂家已经恢复了正常的生活。

"早饭已经备好了。"

"今天的早饭看起来也很美味啊。"

清霞把视线从报纸上移开,抬头露出一丝微笑。这过于俊美的样貌让美世心跳加速。

美世急得眼神乱转,发出"啊……嗯……"的声音。这时,清霞一把从她手中接过餐盘。

"快吃吧。"

"啊,好……好的。"

"我开动了。"二人一起合掌说着,然后把刚做好的早饭送入口中。

"这个芋头真好吃。"

"是吗?那可太好了。"

"对了,今天是姐姐过来的日子吧?"

"嗯,是的。"

如今叶月的辅导次数减少了,一周只有一到两次。不过,学习新知识的时光总是很开心,和叶月聊天也让美世感到心情愉悦。

"你看起来很开心呀。"

"哎?"

"满脸笑意的。"

美世下意识地摸了摸自己的脸颊,还是不明所以。这样子让清霞忍俊不禁。

"哎,好吧。你可别太逞强啊。"

"绝对不会的。"

"是吗?那就好。"

美世已经明白了,逞强是不会有好结果的。不过,两个人边吃饭边无所顾忌地聊着天,已经是最难得的日常了。

也不知是什么原因,美世不再做噩梦了,可能是因为她察觉到了自己的异能吧。总之,美世庆幸那时坚持选择了这个家和清霞,主动采取了行动,能过着这样的生活,真是太好了。

"路上小心。"

早饭过后,美世目送着整理好装束的清霞出门。

天空湛蓝高远,清晨的空气中略带凉意,已经有了初秋的气息,让人切实感觉到了季节的更替。

明明前几天还很热。可能是来到这个家以后,美世觉得时间过得太快了。

"我走了,傍晚回来。替我向姐姐问好。"

"好的。啊,老爷!"

"怎么了?"

"您的发带松了。您弯下腰,我给您重新系一下。"

"抱歉啊,麻烦你了。"

清霞半蹲下来,美世为他把松开的发带重新系紧。

美世之前送给清霞的紫色发带很结实,清霞每天用的都是这个。美世决定再做一个新的送给他。

"好了。"

"啊,谢谢!"

美世不禁屏住了呼吸。

"……"

"……"

清霞无意间转过来的脸比想象中还要近,他们差点就碰到对方的鼻尖了,甚至都能感觉到彼此的呼吸。

两个人就这样愣在原地,都不说话。只有心脏在怦怦地剧烈跳动。

面对这种意外情况,美世惊讶到身体僵硬,连手指都动弹不得。

仅仅是注视着彼此,怎么会这么紧张呢?

"美世。"

清霞轻轻地抚摸着美世的脸,然后……

"咳,咳咳!"

突然,他们听到有人在清嗓子。

沉浸在二人世界的美世和清霞吓得跳了起来,下意识地拉

开了距离。

美世既害羞又尴尬,不敢直视清霞的脸,只能看向别处。

"抱歉,在一旁这样不作声地偷看,实在是不好意思,所以……"

从路对面边说边走过来的,竟然是美世的表哥薄刃新。刚才故意咳嗽的人应该也是他。

他一如既往地带着那人畜无害的笑容,穿着一身高级西装。几日未见,他还是那个完美无缺、阳光开朗的美少年。

"新先生,您怎么……"

"要说好久不见,好像也不至于。你好啊,美世。先生什么的,太客套了,叫我阿新表哥嘛!"

清霞醒来已经一个多月了,薄刃家一直都没什么音信。虽然尧人说不必担心,天皇也不会问责,但他毕竟违背了家规,不知道薄刃家会不会对他进行惩罚。

美世听说薄刃家对违反家规者的处罚相当严重,所以她一直很关注新的情况。

"能不能别这样,像见了鬼似的。"新耸了耸肩,"我明明还是这么活蹦乱跳的。"

"那是因为我一直在担心你会不会受到什么处罚。"

"我已经接受处罚了——主动禁闭了三个礼拜。"

"主动?"

是自己把自己关起来的意思吗?这和美世想象中的有些

差别。

"嗯,因为这次的事情牵扯太多,不过都是和见梦之力有关,而且尧人殿下还特意到薄刃家,让我们重新审视整个家族的定位。所以,我想薄刃家的家规也该变一变了。"

"原来是这样啊。"

印象中,薄刃家的现行家规确实很严格。就像社会和法律在不断改革一样,家规也该适时调整一下。

了解了来龙去脉的美世终于松了口气,可清霞的眼神却异常冰冷。

"所以,你今天来是做什么呢?"

"别生气。没有要紧的事,我是不会来的。"

"说来听听。"

清霞的态度毫不客气,仿佛要说出"你好烦啊"之类的话。

看着未婚夫焦躁不安的样子,美世想不明白清霞为什么这么讨厌新。

"不去上班也没关系吗?久堂少校,你要迟到了。"

"你觉得我会把你们俩留下自己走吗?"

"我是没关系的。"

"我有关系。"

不知为何,二人之间开始噼里啪啦地迸溅出火花。

"真是爱操心呀……我今天只是来提个建议。"

听到新这么说,清霞皱起了眉头。

"提建议?"

"没错。我直说了吧——可以雇我当美世的贴身护卫吗?"

"哎?"

"什么?"美世不禁大声惊叹。

不过,突然听到有人想要做自己的保镖,不管是谁都会大吃一惊吧。

"这并不是件坏事。从此以后,美世必须熟练运用见梦之力了,因为说不定会出现一些想要滥用见梦之力的坏人。由于工作关系,你估计也会有长时间不能陪在美世身边的时候。这个时候,有个能够保护她的人不是安全很多吗?"

"……"

"我是美世的表哥,陪在她身边也不会被人说三道四。怎么样?听起来还不错吧?"

"可你自己的工作怎么办?你不是负责谈判吗?"

"我的工作在一定程度上还算自由。我本就不是公司的员工,所以接不接受谈判任务全凭自己的心情。"

真不愧是负责谈判的专家。新一口气摆出这么多好处,好像一点风险都没有似的。

清霞可能觉得不应该立刻拒绝新,面色凝重地嘟囔道:"我考虑一下,先不回复你。"

"可以。要是平时,我会让你立马做出决定,但现在这样要求你,你应该会更讨厌我吧。"

"那肯定。"

这两人争论不休的样子让美世十分担心,幸好他们最后和平地告一段落。

这时,有一辆车开了过来,是叶月乘坐的久堂家本宅的汽车。叶月从车上下来,惊讶地"哎呀"一声。

"这不是小美世的表哥嘛。你也来了呀。"

"你好,我的名字是新。可以的话,就这样叫我吧。"

"这样啊,那你也直接叫我的名字就好了。"

叶月和新笑呵呵地聊着。清霞却无精打采,面容憔悴。

"越来越吵了……"

他扶着额头叹了口气。

美世心想:这个时候,妻子一般都会对丈夫说些什么,或者是做些什么呢?遗憾的是,这些知识美世恰好都不知道。

可是作为未婚妻,她实在不忍心看着清霞落寞憔悴地去上班。妻子果然还是要支撑起丈夫的日常生活啊。美世努力思考着能够让清霞开心的事情、能够治愈清霞的事情,可她什么都不知道。

美世虽然不清楚这些,但根据以往的亲身经历,她很明确自己必须要做点什么表示一下。下定决心后,美世低声对清霞说道:"老爷,那个……,可以再蹲一下吗?"

清霞蹲了下来,美世伸出手,轻轻地放在他的头上,然后来回移动着。也就是说,美世正在抚摸清霞的头。

成年男性被人这么摸着,会开心吗?美世并不知道答案。清霞突然睁大了双眼,沉默不语,这让美世愈发不安。

小孩子被摸头会高兴,美世被清霞温柔地拍脑袋也会觉得很温暖。所以,清霞……

美世原本是这么想的,但也可能是她理解错了吧。

"老爷?"

"美世……"

"嗯。"

清霞呆呆地盯着某个地方,轻声说着:"你为什么这么做……"

"额,那什么……这是因为……那个,我想着,这么做可以让老爷打起精神来……您、您不喜欢吗?对、对不起。"

"没有不喜欢。"

就在美世把手拿开的瞬间,清霞一把抓住她的手,顺势把她用力拉向自己。美世的额头撞在了某个柔软的物体上。不过,也就是那么一瞬间。在她回过神之前,清霞就已经松开手了。

美世完全不知道发生了什么,她扶着额头,回味着这一股温热。

"我已经有精神了,那我走了!"

"好,好的……路上小心!"

清霞露出爽朗的微笑,潇洒地转身离开了。美世目送着他离开。看着在原地恍惚的美世,叶月和新不约而同地怪笑起来。

后记

各位读者，许久不见。我是在第一卷出版后，收到了不少"不会读""不会写""记不住你的笔名"的吐槽的颚木亚玖弥。

《我的幸福婚姻二》能够顺利出版，让我多少安心下来了。有机会继续写下去，真的太好了！因为按照故事的发展，如果没有第二卷，就无法揭开第一卷中留下的谜团。我想，大家也同样等急了吧。

本卷借助美世和清霞的视角，对上一卷中出现的情况进行了解释。各位看官觉得怎么样呢？其实，我是有点提心吊胆。此卷作为第一卷的解答卷，添加了很多异能之类的奇幻要素，不知大家是否能接受……我在创作的时候还是很担心的。

另外，可能有人已经看过网络版的故事了。不过，实体书在内容上进行了大幅修改，删减了复杂难懂的解释部分（尽管还有不少），也把人物的心理描写简单化了。

说到网络版，由高坂丽灯老师绘制的漫画版正在史克威尔艾尼克斯公司的《ガンガン ONLINE》上持续连载。漫画版的完

成度很高,大家一定要看看!

　　接下来,我要感谢我的责任编辑老师,这次比上次给您添了更多麻烦。实在抱歉,让您费心了,我下次注意。

　　还要感谢帮我绘制封面插图的月冈月穗老师。您绘制的插图太美了,我都忍不住想把它们装裱起来作装饰了。

　　最后要感谢选择了这本书的广大读者们。多亏了大家的支持和鼓励,我才能继续写下去。在此,我由衷地感谢大家。谢谢你们。

　　那么,期待未来与各位的再次相见!

颚木亚玖弥